Georges Raillard
Nachrichten aus dem Landesinnern

AF205835

Georges Raillard

Nachrichten
aus dem Landesinnern

45 kurze Geschichten
und 1 Meer

Bibliografische Information der Deutschen Nationalbibliothek:
Die Deutsche Nationalbibliothek verzeichnet diese Publikation in der
Deutschen Nationalbibliografie; detaillierte bibliografische Daten sind im
Internet über http://dnb.dnb.de abrufbar.

Herstellung und Verlag:
BoD – Books on Demand, Norderstedt

ISBN: 9783749435661

Inhalt

1

2

1

Berg

Ich hatte Termine in Gegg, danach war ich frei. Mir fiel der nahe Berg auf. Auf die Spitze führte ein Weg, gut sichtbar von unten; Leute wanderten hoch.

Da machte auch ich mich auf den Weg: um zu erfahren, warum man überhaupt auf so einen Berg hinaufwandert. Gewiss fand ich oben eine Bibliothek oder eine Akademie oder wenigstens einen Professor, die mir die Gründe für den Aufstieg erhellen können.

Unterwegs fragte ich Leute. Einige Ostasiaten schnatterten strahlend und mit in die weite Landschaft ausgreifenden Gesten irgendetwas Unverständliches, aber gewiss hatten sie meine Frage gar nicht begriffen.

Dann endlich welche, die ich verstand: Einer schwärmte von Schönheit, zeigte auf Blumen und Aussicht. Ein anderer lobte das Gefühl einer Leistung, die belohnt werde, wenn man das Ziel erreiche.

Dagegen stellte ich bei mir Atemlosigkeit, durchgeschwitzte Kleider und geblendete Augen fest.

Endlich oben angekommen, fand ich weder Hinweistafeln noch wenigstens ein Merkblatt – von einer kompetenten Fachperson ganz zu schweigen -, die mir den Sinn des Aufstiegs hätten erklären können. Es kostete nicht einmal etwas!

Es muss sich um eine sprachliche Konvention handeln, schloss ich und stieg den Berg wieder hinab.

Arbeitslos

In Doff sind neunzig Prozent aller Einwohner arbeitslos. Auf den Straßen treiben sich jedoch nirgends Bettler, Nichtstuer, Müßiggänger oder Protestierer herum. Stattdessen eilen Passanten geschäftig von einem Termin zum nächsten. In den Büros sitzen die Angestellten bis spät abends konzentriert vor ihren Bildschirmen. In den Fabriken hantieren Arbeiter an ununterbrochen ratternden Produktionsstraßen. Und in den Läden kommt das Verkaufspersonal kaum nach mit Bedienen und Kassieren.

„Ja, wir sind alle arbeitslos – aber zu tun gibt's immer!", erklärte ein makelloser Mann auf erstaunte Fragen und wollte weiterpressieren.

„Und die zehn Prozent, die arbeiten?"

Der Mann wandte sich unwillig nochmals um.

„Die! Beamte, die darüber wachen, dass wir Arbeitslose nicht unerlaubt arbeiten. Aber das faule Pack lässt sich lieber den ganzen Tag beim Kaffeetrinken oder Shoppen von den Arbeitslosen bedienen, als sie für unerlaubtes Arbeiten zu büßen. Aber eigentlich besser so; sonst gäbe es ja gar nichts zu tun!"

Drei Wochen später gewann der Kandidat der Arbeitslosenpartei die Regierungswahlen. Ein Erdrutschsieg, hieß es. Einer seiner ersten Akte war die Entlassung aller Beamten.

„Endlich haben wir die magische Zahl erreicht: hundert Prozent! Hundert Prozent Arbeitslosigkeit!", triumphierte er an dem medienweit übertragenen Siegesmeeting seiner Partei. „Hoch lebe unser geschaffiges, unermüdliches Gemeinwesen!"

Lösungen

Das Handy brach pünktlich um sechs Uhr zehn seine Weckmusik vom Zaun. Nachts hatte ich länger wach gelegen: Das Hotelbett mit seiner weichen Matratze war ungewohnt, und bis spät schlug Verkehrslärm gegen das Fenster. Zehn Minuten oder so döste ich noch, bevor ich mit einem resignierten Stöhnen die Decke zurückschlug. Gähnend ging ich ins Badezimmer, wusch mich, rasierte mich. Hemd und Anzug hingen schon bereit. Die Krawatte, tiefblau mit hellblauem Muster, zeitlos dezent und seriös, wie es der Anlass gebot, hatte ich bereits gebunden von zu Hause mitgebracht, brauchte sie nur noch umzuhängen, festzuziehen und fertig. Ich musste mich jetzt beeilen. Rasch zog ich den Vorhang auf. Unten flutete der Berufsverkehr. Ich hob den Blick: blauer Himmel mit ein paar rosa Wolken; das Wetter wird schön.

Ein letzter Blick in den Spiegel, dann rasch den Mantel über den Arm gelegt und hinunter zum Frühstücksraum. Kaffee und einen Croissant, die Hälfte ließ ich auf dem Teller liegen. Ich aß nie viel zum Frühstück, hatte auch kaum je Zeit. Der Termin war um Punkt acht Uhr, zum Glück war der Weg nicht weit.

Ich schlüpfte in den Mantel, tastete nach den Lösungen in der Manteltasche. Die Packung — wo war die Packung? Ich griff in die andere

13

Manteltasche — nichts! Ich hastete nochmals ins Zimmer hinauf, durchwühlte den Koffer, riss den Schrank auf, die Schubladen heraus — nichts! Einfach nichts, nirgends! Wo waren meine Lösungen? Ich rang um Erinnerung: Gestern Nachmittag, als ich mir nach der Landung den Mantel wieder anzog, spürte ich die Packung noch in der Manteltasche. Oder passierte später im Restaurant etwas? Ich genehmigte mir ein Bier, aß was Kleines zu Abend. Den Mantel hatte ich neben der Tür an einen Haken gehängt. War sie mir etwa dort geklaut worden? Oder auf dem Heimweg, vielleicht war mir die Packung einfach herausgerutscht. Auch dies war möglich.

Fact war jedenfalls: Ich hatte keine Lösungen. Ausgerechnet heute! Zu Hause hatte ich noch mehrere unangebrochene Packungen, aber für die anderthalb Tage in Jamm hätte im Normalfall eine Packung genügt. Und nun? Sollte ich anrufen und den Termin unter irgendeinem Vorwand absagen? Aber vielleicht reichte die Zeit ja noch, um eine Packung im Supermarkt zu kaufen.

„Hier kriegt man Lösungen nur in Reformgeschäften", sagte die Rezeptionistin. „Die öffnen um neun, bis zum nächstgelegenen ist es nicht weit."

Erst um neun… So ein Mist! Jetzt war Viertel vor acht, ich musste los! Irgendetwas würde mir schon einfallen, irgendeine heldische Geschichte: Die Lösungen seien mir ausgegangen, weil ich mich im Hotel eines Wasserschadens oder eines Brandes erwehren musste; oder ein ausgesprochen

14

bildhübsches Zimmermädchen aus den Fängen eines Unholdes retten. Sicher würden meine Gesprächspartner ohne Weiteres verstehen, dass ich nichts als meine Menschenpflicht getan hatte und alle meine Lösungen für diese Notfälle eingesetzt hatte. Wenn Sie einverstanden sind, ziehe ich es unter diesen außergewöhnlichen Umständen vor, mit der Besprechung bis nach neun Uhr zu warten, damit ich zuvor noch neue Lösungspackungen kaufen kann, würde ich vorschlagen.

Ich hielt inne. Wäre das alles denn nicht gar etwa selbst schon so etwas wie – eine Lösung!? Aber sogleich schlug ich mir diesen vermessenen Gedanken aus dem Kopf. Wie zum Himmel sollte ich denn zu einer Lösung kommen, solange ich überhaupt keine in der Tasche hatte! In was für Hirngespinsten man sich verfängt, wenn man ratlos ist!

Um Punkt acht Uhr betrat ich kleinlaut den lichtdurchfluteten Empfangsbereich des Unternehmens.

„Darf ich Sie als unseren Gast zu einem zweiten Frühstück einladen, bevor wir beginnen?", begrüßte mich flott der längere meiner beiden Gesprächspartner.

„Ausgezeichnete Idee!", rief ich und strahlte.

„Es ist uns nämlich ein Malheur passiert, Sie werden's kaum für möglich halten!", sagte der Kürzere.

„Ja", bekräftigte der Längere, „sowas ist uns noch nie vorgekommen!"

„Da kommen wir doch heute früh ins Geschäft, schauen nochmals alles durch, und was sehen wir? Die Probleme sind weg!"

„Alle weg!"

„Hier lang, bitte", wies der Kürzere mit dem Arm. Wir traten aus dem Foyer der Firma auf die Straße.

„Jetzt haben wir keine Probleme mehr, kein einziges haben wir noch! Sowas von peinlich, und Sie sind extra hergereist, mit all den Lösungen im Gepäck, und sind nun hier!"

„Um mich brauchen Sie sich keine Sorge…", begann ich.

„Wir haben einen der Lehrlinge im Verdacht", unterbrach der Längere. „Der sollte gestern die Büros aufräumen und alles ordnen, hat die Probleme gewiss einfach in den Abfall geschmissen. Der wird noch was zu hören kriegen!"

„Oder die Putzfrau hat sie aufgewischt!", sagte der Kürzere. „Die knöpfen wir uns noch vor, verflucht nochmal!"

„Es ist einfach unglaublich, wie wenig Verlass auf die Leute heute noch ist!"

„Verdammte Schlamperei!"

„Denken nur an sich selber und das Feierabendbier!"

Der Kürzere öffnete die Tür zum Restaurant.

„Das wird noch Konsequenzen haben!", sagte der Längere und bestellte Schlemmerfrühstück

für alle samt einer Flasche Champagner vom besten.
Wir hatten es danach noch sehr lustig.

Recycling

Der erste Preis für Innovatives Recycling im Berufsleben wurde heuer der Firma Rautsch in Höi und ihrer Belegschaft zugesprochen. In der Laudatio hieß es, die Geehrten hätten ökologische, psychologische und soziale Anliegen zu einem zugleich beispiellosen wie beispielhaften Handlungsfaden verknüpft.

Die Situation, in der sich die Geehrten zu bewähren hatten, war folgende: Der Angestellte Cu hatte während der Arbeitszeit einen Schlaganfall erlitten und saß gelähmt und hilflos hinter seinem Schreibtisch. Als die anderen Angestellten das Missgeschick entdeckten, beschränkten sie sich nicht etwa auf selbstverständliche Erste Hilfe wie Speichel wegwischen oder Wasser in den Mund träufeln. Vielmehr bemühten sie sich ab dem ersten Moment, ihren Kollegen trotz seiner schwerwiegenden Behinderung weiterhin in den Arbeitsprozess einzubeziehen. Zu diesem Zweck übernahmen sie sogleich seine Arbeitsgeräte – Computer, Schreibutensilien und Ähnliches – für den eigenen Gebrauch, damit er mitverfolgen konnte, wie seine Dinge weiterbenutzt wurden und ihr Scherfchen zum Betriebserfolg beitrugen. Desgleichen fanden auch seine Kleider unter den Kollegen Weiterverwendung; sie probierten sie vor seinen starren, wässrigen Blicken an und lachten schalkhaft, wenn ein Kleidungsstück zu groß oder zu knapp ausfiel. Dass nicht auch die Unterwäsche einer Weiternutzung zugeführt worden war, wurde von einzelnen Mitgliedern des Preisgerichts zunächst beanstandet, doch ließen sie sich vom Hinweis überzeugen, dass dies allein deswegen so gehandhabt worden war, weil sie leichte Gebrauchsspuren aufwies. Später riefen die Angestellten den Arzt, welcher den Preisrichtern gegenüber Genugtuung darob äußerte, dass er den Patienten vor der Untersuchung nicht noch umständlich habe entkleiden müssen und so schneller mit ihm fertig geworden sei.

Sobald Cus Dinge sich so stark abgenützt haben, dass sie durch neue ersetzt werden müssen, und deshalb seine Präsenz in der Firma nicht mehr als zweckdienlich zu erachten wäre, ist seine Frühpensionierung wegen Krankheit vorgesehen.

Bordüre

Zwecks Umsatzsteigerung wurden in einem vorher unauffälligen Wirtshaus in Vih die Gästetoiletten aufwendig renoviert. Dreh- und Angelpunkt des von einem ortsbekannten Innenarchitekturdesignermeister ausgeklügelten Konzepts war die Anbringung einer unvergesslichen Fliesenbordüre, die in allen Toilettenräumen 1,71 Meter über dem Boden, also ungefähr in Augenhöhe, rundum lief. Die Bordüre bestand aus langgezogenen, vierzehn Zentimeter hohen Flachbildschirmen, auf denen in lebendigsten Farben und mit Surround-Sound aus Lautsprechern, die hinter den Lüftungsgittern verborgen waren, die ganze Wand entlang beispielsweise Geparde ihre Beute erjagten oder Rennautos um die Wette fuhren. Es war eine vollumfängliche, unauslöschliche Erfahrung, deren Intensität von der Menge an abgeführten Exkrementen flüssiger oder festerer Natur abhing. Bei bloßem Händewaschen blieb die Bordüre farb-, bewegungs- und tonlos. Erst wenn die in allen Schüsseln angebrachten Urin- und Kotdetektoren eine entsprechende Aktivität verzeichneten, erwachte die Bordüre zu Leben. Je größer das Aufkommen, desto schneller rannte der Gepard, höher spritzte das Blut, wenn er die Beute erlegte, halsbrecherischer rasten die Rennautos, brutaler überschlugen sie sich in den Kurven, um nur diese beiden schon genannten Beispiele aus einer schier unendlichen Zahl atemberaubender Szenen wieder aufzugreifen. Durch die Aussicht auf einen alle Vorstellungen sprengenden Toilettengang würden, errechnete man sich, nicht nur mehr Gäste zum Wirtshausbesuch animiert, sondern diese würden auch mehr Speisen und Getränke bestellen, konsumieren und bezahlen in der Erwartung, dass damit die anschließende Abfuhr in der Toilette massereicher und ihr Bordürenerlebnis umso intensiver und unvergesslicher würde.

Das Kalkül schien aufzugehen: Im ersten Halbjahr nach der Installation der alle Sinne betörenden Fliesenbordüre in den Toiletten konnte das Wirtshaus in Vih die Zahl seiner Gäste um stolze 144 Prozent und den Umsatz gar um Bewunderung abringen müssende 263 Prozent steigern. Der Erfolg bescherte dem federführenden Innenarchitekturdesignermeister einen Auftragsboom von anderen Gaststätten in Vih und dessen nahem und fernem Umraum bis nach Übersee. Überall führten die neuen Toiletten mit ihren Aufsehen erregenden Bordüren zu prallen Umsatzzuwächsen, welche von den dank listiger Preiserhöhungsstrategien erzielten Gewinnen gar noch um ein Mehrfaches getoppt wurden. Das Gastgewerbe boomte, die Gemeinwesen blühten, und der Innenarchitekturdesignermeister häufte Million auf Million an.

Nach einigen Monaten jedoch beobachteten die Gastwirte mit Besorgnis eine neue, rasant sich verschärfende Entwicklung: Ihre Gaststuben waren zwar weiterhin bis auf den letzten Platz besetzt, aber immer mehr Gäste bestellten bereits vormittags nichts als ein kleines Mineralwasser und spülten mit dem ersten Schluck eine höchst verdächtig wirkende rosa oder andersfarbige Pille hinunter, um im Weiteren ohne zusätzliche Bestellung bis zum späten Abend bloß noch am Glas zu nippen. Durchschnittlich jede halbe Stunde suchten sie die Toilette auf, so dass sich dort längere Schlangen bildeten und der sich verdichtende unreine Geruch bis in die Gaststuben drang, welch letzteres zusätzlich manch richtig schmausende und für Umsatz sorgende Gäste verstörte und von weiteren Wirtshausbesuchen abhielt. Gegen beiläufige Versuche der Gastwirte, die auch nach mehreren Stunden erst halb ausgetrunkenen Gläser wegzuräumen und den betreffenden Gästen damit diskret den Gedanken nahezulegen, das Lokal zu verlassen und anderen, konsumierfreudigeren Gästen Platz zu machen, protestierten sie aufgebracht und drohten mit einem Skandal. Einige Gastwirte versuchten der geschäftsschädigenden Entwicklung gegenzusteuern, indem sie den Toilettenbesuch kostenpflichtig machten, mussten aber rasch wieder zurückrudern, nachdem sie sogleich in Internetforen angeschwärzt worden waren und die Gäste auszubleiben begannen. Auch hastig angebotene „Purzelpreismenüs" und „Schlemmerhammerwochen" vermochten die negative Entwicklung nicht zu stoppen.

Hätten die Gastwirte hingegen ihren Gästen gleich von Anfang an verboten, das Abführmittel gemütlich an einem Tisch ihres Etablissements sitzend und mit Hilfe eines Mundvolls Mineralwasser zu schlucken, hätten diese es einfach draußen vor der Tür oder noch zu Hause eingenommen. So mussten sie letzten Endes hilflos, ja ohnmächtig zusehen, wie ihnen die eben noch fetten Umsätze wegbrachen. Gaststätte um Gaststätte musste schließen. Der erfolgreiche Innenarchitekturdesignermeister jedoch hatte sich längst in eine Villa an der Küste eines südlichen Meeres zurückgezogen.

Spalier

Jeden Morgen um Punkt acht Uhr dreißig tritt der Würdenträger, eine schwarze Mappe tragend, aus seinem Wohnpalast, schreitet über den weiten Platz und verschwindet auf der gegenüberliegenden Seite im Amtspalast, um seinen Amtsgeschäften zu obliegen.

Die vierundzwanzigköpfige Ehrengarde in ihren adretten weißen Uniformen mit goldenen Epauletten steht bereits Spalier. Kaum öffnet sich das Tor des Wohnpalastes, werfen sich die zwölf Gardisten zur Rechten und die zwölf zur Linken mit prächtigem Schwung zu Boden. Strengen Mundes, die Stirn dem Himmel trotzend, wandelt der Würdenträger voran. Ist er an den ersten liegenden Gardisten vorbei, springen diese geschmeidig auf, rennen hinter den anderen liegenden Gardisten an die Spitze des Spaliers, reihen sich wieder ein und werfen sich sogleich wieder hin, bevor der Würdenträger ihre Höhe erreicht. Schon sind auch die zweiten und die dritten aufgesprungen, vorgerannt und werfen sich zuvorderst wieder nieder. So springen und rennen und werfen sich alle Gardisten acht bis zehn Mal längs des ganzen Weges vom Tor des Wohnpalastes über den weiten Platz, bis das Tor des Amtspalastes sich hinter dem Würdenträger schließt.

Diese „Ehrenspringen" genannte Zeremonie ist im Laufe der Zeiten zu einer veritablen

Touristenattraktion geworden. Kaum zweihundert Meter vom Platz entfernt wurde ein großer Parkplatz für Reisebusse eingerichtet, denn manche Reiseveranstalter schalten einen Extrahalt in Oh ein. In gebührendem Abstand und Schweigen verfolgen die Touristenscharen das kaum fünf Minuten dauernde Schauspiel; Applaus ist verpönt.

Besonderen Andrang findet das Zeremoniell, wenn es regnet. Es spritzt so herrlich, wenn die Gardisten sich in die Regenpfützen werfen. Die weißen Uniformen überziehen sich mit bräunlichen Schlieren und Flecken in den skurrilsten Formen. Manche Reiseveranstalter lassen vor dem „Ehrenspringen" sogar den Asphalt mit Unrat oder Gülle besprengen, damit das Spektakel noch attraktiver wird.

Abends sieht man den Würdenträger jedoch nie über den Platz zurück zu seinem Wohnpalast schreiten.

Regenbogen

Besonders gespannt war ich auf das Regenbogenmuseum in Fäls. Der Direktor, dessen Schnauzbart der einzige sichtbare Haarwuchs war, packte mich beim schwarz glänzenden Eingangsgatter am Arm und zog mich hinein in eine üppige Parklandschaft. Während wir auf gewundenen Wegen durch Blütenschwaden, Blätterdickicht, Insektengesumm und Vogelgeschwirr vorangingen, dozierte er über Himmels- und Windrichtungen, über das Talknie, in dessen Knick – er sprach das K wie brechendes Holz aus – sich das Museum befand, mit seiner regenoffenen Westschneise und seiner sonnenoffenen Südwanne. Er sprach über die Todeszone im Kern des Regenbogens, wobei mir nicht klar wurde, ob dies konkret oder im übertragenen Sinn gemeint war, denn es wurde mir langsam recht warm, liefen wir etwa gar im Kreis herum? Und genau in dieser Todeszone sprühten während weniger Sekunden eines Gleichgewichts des Schreckens und unmittelbar vor dem Kollabieren der kosmisch-meteorologischen Gegensätze und der Vernichtung der unterlegenen Elementarkräfte die kerngeschmolzenen Farben der ganzen Welt auf, rief er und schwenkte die Arme. Eine spektrale Tropfenrevolte nach der anderen, die Sonne blendete, diese farbengetränkte Unwiederbringbarkeit, Kohäsionskonflikte, Komplementärkatastrophen, ich hatte Durst. Solche Kontrasteinwirkungen, Kraftinkubationen, er redete, diese Keim- und Trieb- und Sprosseruptionen, wir liefen weiter, schauen Sie, weiter, Schweiß rann mir herunter, weiter. Stauden, schauen Sie, Büsche, so viele Bäume, er redete, wir liefen, Blumen, schauen Sie all diese Blumen, immer noch, weiter und weiter. Transformation der Regenbögen, Sonnenhang links, Regenhalde rechts, er redete, hier entlang, wir liefen, Facettierung von Permanenzritualen, voran und immer voran. So viel Schönheitsmanifestationsevidenz, sagte er.

„Wie bitte?" Ich rieb mir die Augen.

„Vielen Dank für Ihren Besuch!", wiederholte er.

Wir standen wieder am Eingangsgatter. Also waren wir doch im Kreis herumgelaufen!

„Und das Museum?", fragte ich.

„Aber das habe ich Ihnen doch gerade gezeigt!", sagte der Direktor und strich mit seinem rechten Arm über die weitläufige Parklandschaft hinter dem Gatter.

„Auf Wiedersehen", winkte er, bevor ich ihn nach den Regenbögen fragen konnte, schloss das Gatter hinter sich und verschwand ins Grün.

Ich wandte mich zum Gehen. Als ich zum Parkplatz kam, sah ich im Westen aufziehende Wolken. Ich blickte gen Süden: Dort prangte die Sonne am Himmel. Wenn ich lange genug abwartete, prallten der Gewitterregen und die Sonnenstrahlen zusammen, und vielleicht bekäme ich dann doch noch einen Regenbogen zu sehen. Ich setzte mich auf die Kühlerhaube und verschränkte die Arme.

Wald

Der Wald sei sowieso unordentlich gewesen, machte der Reisende geltend, Äste kreuz und quer, Gestrüpp am Boden, krumme Stämme, struppige Wipfel! Darum sei es keineswegs schade gewesen!

„Alle Wälder sind unordentlich", gab der Richter zu bedenken.

Reiten Sie nicht auf diesem Nebenaspekt herum!, sagte der Reisende. Er könne sich nur wiederholen: Vor allem so dicht, so unerhört, so empörend dicht sei der Wald dagestanden! Alle Sicht habe er versperrt! Genau darum – verstehen Sie das denn? – sei es seine Pflicht gewesen. Jeder in seiner Lage hätte so gehandelt. Sie nicht? Aber Sie sind wohl nicht, wie er sei.

„Und – wie sind Sie denn?", fragte der Staatsanwalt.

Weitsichtig, sagte der Reisende. Weitsichtig nicht im ophtalmologischen Sinn, sondern mit dem existenziellen Bedürfnis – und der hervorragenden Gabe! –, in die Weite zu sehen. In der Weite offenbare sich das Wesentliche, in der Weite seien die großen Linien des Daseins gezogen, in die Weite blicken heiße in die Zukunft schauen. Wir verlieren uns im Kleinkram unseres erbärmlichen Lebens! Der Reisende schlug mit der Faust auf das Pult.

„Wald ist also Kleinkram?", fragte der Richter.

Der Wald, vor den erhabenen Silhouetten ferner Hügel und Berge, der Ehrfurcht gebietenden Schroffheit hochragender Felsen, dem unendlichen Glanz der Flüsse und Ströme, Seen und Meere, vor all dem und vor dem All schießt er hoch, der Wald, bauscht sich im Wind, quillt auf im Regen und wächst dem Himmel entgegen. Oder haben Sie im Wald etwa schon mal Sonne, Mond oder Sterne gesehen?

„Aber ein Wald hat…", warf der Staatsanwalt ein.

Kleingeister! Nur solcher Blick bleibt in diesem zittrigen, schlaffen, krakeligen Gewucher haften! Unsereiner dagegen strebt nach dem Hohen. Das Große! das Geistige!, wie es sich uns im Überblicken darstellt, im Überschauen erschließt, im Überdenken anverwandelt, bis wir selbst ein Teil des unendlichen Horizontes werden. Störendes muss weg!

„Und darum haben Sie den Forst von Quohl angezündet und niedergebrannt?", fragte der Richter.

„Jawohl", antwortete der Angeklagte.
Das Urteil wird für morgen erwartet.

Schief

Der schiefe Turm zu Sonn hat als gerade zu gelten.
Zwar behauptet nur eine verschwindende Minderheit der örtlichen, ennetörtlichen und ausserörtli-
chen Betrachter, er sei gerade, weil ihrer nur eine
verschwindende Minderheit den schiefen Turm genau aus dem Blickwinkel betrachtet, der auf einer Li-
nie mit seiner Neigungsachse liegt, und ihn somit als
gerade sieht. Alle Anderen ohne Ausnahme, die
überwältigende Mehrheit also, sehen auf den schiefen Turm von einem der Neigungsachse seitlichen
Standpunkt aus und versichern im Brustton der
Überzeugung, er sei schief. Und Recht haben sie!
Aber wie schief ist er? Und in welche Richtung ist er
geneigt? Nach schräg hinten!, sagt jemand. Nein, zur
Seite!, widerspricht ein Anderer. 3,86 Grad!, ruft ein
Dritter. Unsinn, 3,71! Und so verteidigt jeder seinen
unverrückbaren Standpunkt, seinen geheiligten
Blickwinkel gegen eine Leugnermeute: So ist es und
nicht anders! Und schon schreien alle durcheinander
und reißen die Arme hoch, um sie auf die unbelehr-
baren Schädel der anderen Schwätzer und Schreier
niederfahren zu lassen. Unschöne Szenen!

Derweilen hält die verschwindende Minderheit in unerschütterlicher gegenseitiger Übereinstim-
mung an ihrer Aussage, der Turm sei gerade, fest.
Ihre Stimmen sind ruhig, ihre Blicke sanft, ihre Aus-
strahlung ist weise. Welch ein Kontrast zu den

heftigen Streithähnen! Ihnen zuzuhören und zu glauben ist eine Wohltat! Ja, der Turm, selbst wenn er schief ist, ist für gerade zu halten, denn nur damit kann man leben, und das wollen wir doch: leben, nicht wahr?

Quallen

Wenn Quallen nahe der Wasseroberfläche schwimmen, ist das nicht allein ein untrügliches Anzeichen dafür, sondern ebenso eine zwangsläufige Folge davon, dass die Qualität auf den Meeresboden gesunken ist. Diese Erkenntnis ist längst Allgemeingut, nicht zuletzt in der Stadt Jals, und wird auch von niemandem angezweifelt. Über ihre Interpretation und Bewertung tobt allerdings seit geraumer Zeit ein erbitterter Streit, welcher Expertenkreise und – oft noch heftiger – die Menschen selber bis weit hinunter in bildungsferne Schichten in zwei Lager spaltet.

Nach überkommener Auffassung, von der Fraktion der Geistigen vertreten, ist die Qualität gut, solange die Quallen diese in sich besitzen; fällt sie jedoch von ihnen ab und sinkt auf den finsteren Meeresgrund, ist sie schlecht. Im Umkehrschluss bedeutet das: Wenn und weil die Qualität schlecht wird, fällt sie von den Quallen ab und sinkt hinunter.

Dem schleudert eine erst vor wenigen Jahren zum Entsetzen gestandener Bürger gegründete Fraktion der Lustigen entgegen, dass die Quallen glücklich seien, wenn sie, von der schweren Bürde ihrer quallvollen Tugenden befreit, nahe der Wasseroberfläche schwimmen, wo es hell und klar ist wie sie selbst und das Wasser schäumt und spritzt. Selbst das Meer bewege sich geschmeidiger, wenn es nicht allzu quallitätsbeladen ist. Die Quallität ist gut, wenn es den Quallen gut geht. Quallen gut, Quallität gut!

Unsinn!, tönt es von Seiten der Geistigen. Nichts ist gut, solange die Quallität schlecht ist! Der intrinsische Gehalt dieses Begriffes bleibt unberücksichtigt, ja wird mit Füßen getreten! Ob es den Quallen gut geht, ist weder die Frage, noch ist es von Belang. Es geht allein um die Quallität: Die muss gut sein!

So ein lebensfremdes Geschwätz!, widersprechen die Lustigen. Soll es etwa den Quallen schlecht gehen? Nur wenn es ihnen gut geht, kann man die Quallität vernünftigerweise als gut ansehen!

Denkfäule! In unverantwortlicher Weise wird mit den Begriffen jongliert! werden Bedeutungen in ihr Gegenteil verkehrt! wird des Geistigen gespottet! Perversion und Dekadenz!

Und bei Ihnen ist der Begriff jeglichen Inhalts entleert wie ein diarrhöischer Darm!

„Wie wollen Sie denn eine glückliche Qualle von einer unglücklichen unterscheiden?", höhnte der Wortführer der Geistigen. „Haben Sie denn überhaupt schon mal eine Qualle gesehen?"

„Und haben Sie etwa schon mal beobachtet, wie die Quallität schlecht wird und auf den Meeresboden sinkt?", höhnte der Generalsekretär der Lustigen zurück. „Haben Sie überhaupt schon mal das Meer gesehen?"

Bevor aber die beiden Anführer und ihre Anhänger aufeinander losschlugen, bildete ein Schlichtungsausschuss nach langwierigen

Vermittlungsgesprächen eine paritätisch besetzte Delegation, die in einer beinahe tollkühn anmutenden Expedition an die über 2600 km entfernte Küste reisen und erstmals mit wissenschaftlichen Geräten und Ansprüchen sowohl die Quallen als auch das Meer selbst erforschen sollte.

Fliegen

Fliegen, eine Plage in Feg! In Schwärmen umsummen sie einen hier, es ist kaum zum Aushalten! Wer kann, wandert aus oder fährt wenigstens dreimal im Jahr weit weg in Urlaub. Man liest allerdings Berichte, dass Feger auch in der Ferne, so weit weg sie auch reisen, von Fliegenschwärmen eingehüllt würden. Wie erkennt man untrüglich einen Feger?, fragte eine Boulevardzeitung. An seinem Fliegen verscheuchenden Armeverwerfen, lautete die Antwort. Man wusste nicht, ob das ein Scherz war oder eine Binsenweisheit.

Tote werden von Fliegen umschwärmt, beobachtete man schon früher. Menschen, die gestorben sind, stinken; und ebenso solche, die sich nicht waschen. Gestank zieht Fliegen an. Leichen können sich nicht mehr waschen. Darum drängen sich die Fliegen auf ihnen.

Feger sind aber nicht tot! Sie waschen sich noch!

Und jetzt posaunt ein hergereister Professor, Fliegen befielen Lügner, nämlich wegen eines speziellen Stresshormons, das die Lügner beim Lügen absonderten. Er habe das Hormon isoliert und im Labor untersucht. Kaum gesagt, wird der Professor selbst von einem Fliegenschwarm attackiert. Lachend verlassen wir Medienvertreter den Saal und reisen endlich weiter, fort von Feg.

Türen

In dieser Gegend gibt es auffälligerweise allein in Zamd Vogeltüren. In benachbarten Ortschaften hingegen bin ich allenthalben auf Affentüren, Bärentüren, Büffeltüren, gar Elefanten- und Löwentüren gestoßen, aber nirgends auf Vogeltüren.

„Wieso Elefantentüren, wieso Löwentüren?", hatte ich gefragt. „Hier gibt es doch gar keine Elefanten und Löwen!"

„Wie sollte es sie auch geben hier!", rief die apfelgesichtige Frau. „Diese Türen halten wir ja stets verschlossen!"

Ganz anders in Zamd: Hier flirrt die Luft vor Flügelflattern, ist durchdrungen von vielstimmigem Pfeifen.

„Bei all den Vogeltüren", frage ich, „wieso gibt es hier dennoch so viele Vögel?"

„Freilich gibt es viele!", ruft der feigenhäutige Mann. „Diese Türen lassen wir ja auch immer offen stehen!"

Morgen werde ich mich nach Menschentüren erkundigen und umsehen.

Wort

Welches war das erste Wort, das Wort im Anfang? Niemand wusste es. Und so stammelten die Menschen, wenn sie ein Gespräch beginnen sollten, oder sie machten den Mund gar nicht erst auf. In Versammlungen wurde geschwiegen, Meinungsumfragen stießen ins Leere, öffentliche Debatten fanden keine statt.

Jedermann fürchtete, das falsche erste Wort zu sagen, und sagte lieber nichts.

Die Regierung in Irz, eingedenk ihres Auftrags, die Normen des Zusammenlebens zu bestimmen, konsultierte deshalb den eminenten Linguisten Vrits Shapoo.

„Eine Antwort, stante pede sowieso, ist mir gänzlich unmöglich", beschied der Professor die enttäuschten Regierungsemissäre, „solange nicht ein tief in die Breite und breit in die Tiefe greifendes Forschungsprojekt in großzügigem Ausmaße subventioniert wird."

Der Antrag auf eine Subvention wurde durch den Rat gepeitscht und von dessen Mitgliedern mit großer Mehrheit abgenickt. Das Forschungsprojekt konnte starten!

Professor Shapoo scharte ein Team aus tüchtigen jungen, sich einen Namen machen wollenden Sprachforschern, Philosophen, Soziologen und Historikern um sich.

38

„Feldforschung verlangt Ausdauer, Genügsamkeit und Findigkeit", ermahnte er seine Mitstreiter. „Rucksack und Proviant nicht vergessen!"

Drei Jahre lang weilten die Forscher bei urtümlichen Völkern im Dschungel, in der Wüste und im Eis. Sie fragten die Alten nach ihren ältesten Worten, sie lauschten Babys ihr erstes Lallen ab, sie ließen sich Sagen von den Anfängen des Himmels und der Erde erzählen, ja sie zeichneten das Pfeifen, Heulen und Tosen der Vögel, Wölfe, Winde und Wasser auf. Emsig tippten sie ihre Laptops voll, die Berichte waren lang und detailreich.

Professor Shapoo druckte alle Berichte aus, sichtete sie und heftete sie säuberlich ab.

„Ausgezeichnete Arbeit!", lobte er sein Team. „Wir sind ein gutes Stück vorangekommen. Archivarbeit wird uns nun weiterbringen. Lupe und Latexhandschuhe mitnehmen!"

Die Wissenschaftler schwärmten aus in die ältesten Klöster und Burgen und entschlüsselten verwischte Zeichen aus jungfräulichen Sprachen auf bräunlichen Dokumenten. Andere pilgerten zu vor-, früh- und urgeschichtlichen Kultstätten und entzifferten die in Stein geritzten Inschriften. Die Stapel mit ihren Transkriptionen bargen unerhörte Entdeckungen, welche verschiedene Fachgebiete um Jahrzehnte voranbrachten.

Nach zwei Jahren bündelte Professor Shapoo die Stapel und schob sie beiseite.

„Viel fehlt nicht mehr!", rief er zufrieden in die Runde seiner Mitarbeiter. „Jetzt noch sechs

Monate ins Schweigekloster, dann hätten wir's! Handys, Laptops und Tablets an der Pforte abgeben!"

Im Schweigekloster, das achtzig Kilometer außerhalb jeglicher Zivilisation entfernt lag, durfte kein Wort gesprochen werden. Auch lesen durfte man nicht. Alle Worte sollten nach und nach dem Gemüt entschwinden, damit der Blick auf das unmittelbare Geistige nicht getrübt wurde.

Nach sechs Monaten ließ sich Professor Shapoo in einem Geländewagen zum Klostereingang fahren und wartete mit einem Aufnahmegerät in der Hand, bis ein Forscher um den anderen aus der Pforte trat, den Himmel voller Sonnenlicht in sich aufnahm, tief durchatmete und nach einem Halbjahr des Schweigens das erste Wort in das von Professor Shapoo hingehaltene Mikrofon hauchte. Zurück in seinem Institut, hörte sich Professor Shapoo die Aufnahmen der ersten von seinen Mitarbeitern gesprochenen Worte immer wieder an, machte sich Notizen, zog die Transkriptionen der verwitterten Inschriften und die Berichte von den uralten Völkern heran, verglich Daten, Zeichen und Bedeutungen, zog Schlussfolgerungen und listete Lösungen, strich dies und löschte jenes, engte die Ergebnisse immer weiter ein, so weit und so lange, bis nach mehreren Wochen nur noch ein Eintrag, ein Element, ein Wort übrig blieb, ein einziges, in fetten Lettern geschriebenes und mehrfach rot unterstrichenes.

Professor Shapoo verstaute all seine Papiere in den Schränken, klappte seinen Laptop zu, trat aus seinem Büro und verschloss die Tür. Ein langer Spaziergang führte ihn mitten durch Wurzelwerk, Ästegewirr und Blätterdickicht bis auf die andere Seite des Waldes.

Nach seiner Rückkehr Stunden später raffte er alle Forschungsunterlagen zusammen, warf sie im Hof auf einen Haufen, goss Benzin darüber und zündete sie an. Danach rief er den Regierungspräsidenten an.

„Ich wäre nun bereit für eine Erklärung", teilte er ihm mit.

Der Regierungspräsident ließ sogleich eine Sondersitzung des Rats einberufen. Wortlos harrten die Abgeordneten im Plenarsaal des großen Augenblicks, da Professor Shapoo ihnen und allen Mitbürgerinnen und Mitbürgern endlich – endlich! – das erste Wort verraten würde. Bald müsste niemand mehr verschämt schweigen, bald würden die Gespräche überall nur so sprudeln!

Professor Shapoo trat ans Rednerpult. Papiere hatte er keine dabei.

„Ich kenne das erste Wort", hub er an. Sein Blick schweifte durch das Halbrund des Saals über die Abgeordneten hinweg, von einer Seite zur anderen und zurück zur Mitte.

„Ich werde es Ihnen aber", fuhr er fort, „nicht sagen."

Der Saal versteinerte.

„Ich werde es Ihnen nicht sagen, weil Sie anschließend nach dem zweiten Wort fragen würden, und sobald ich das zweite Wort erforscht und Ihnen mitgeteilt hätte, würden Sie das dritte wissen wollen. Und so trieben Sie es endlos weiter, bis alles, was wir sagen, bis zum letzten Wort in seiner Reihenfolge und Wertigkeit durch Ihre Dekrete unabänderlich festgelegt wäre."

Eisig starrten ihn die Abgeordneten an.

„Kein erstes Wort! Kein letztes Wort!", schloss der Professor, trat vom Podest herunter und schritt aus dem Saal. Erst da rührten sich die Abgeordneten, wanden sich in ihren Sitzen, sprangen auf, verwarfen die Arme, aber ein Wort, irgendein Wort, irgendein erstes Wort, wollte ihnen keins über die Lippen kommen.

Verhandlungen

Die im Städtchen Jauch stattfindenden Verhandlungen sind trotz der engagierten Bemühungen beider Seiten gescheitert. Die Folgen sind noch nicht abzusehen.

Eigentlich hatte alles zuversichtlich stimmend begonnen. Pop und Kuk hatten, einander freundlich zunickend, draußen an einem runden Tischchen Platz genommen und je ein Glas Mineralwasser bestellt. Demokratie erfordert ein Maximum an Transparenz und Öffentlichkeit. Bis der Kellner das Gewünschte brachte, musterten Pop und Kuk einander reglos.

"Ein falscher Schluck und…!"

Und man könnte sich verschlucken, und während man noch mit Husten beschäftigt ist, kann die Gegenseite unbesehen ihre Gedanken fortspinnen, ja den ganzen Gedankenfluss auf ihre eigenen Mühlen lenken. Keiner trank von seinem Mineralwasser, die Verhandlungen stockten.

Herbstsonne wärmte die Luft, den Platz belebten geschäftige Berufsleute, fotografierende Touristen, spielende Kinder, die Tischchen des Cafés waren besetzt mit plaudernden Freundinnen und lachenden Freunden.

„Bitte noch ein Glas Mineralwasser."

Rasch wollte der Kellner die noch vollen ersten Gläser wegräumen, da blitzten ihn Pop oder Kuk oder beide an; seine Hände zuckten zurück. Prinzipientreue und Kompromissbereitschaft sind die Grundpfeiler jeder Verhandlungsführung. Bis der Kellner das Gewünschte brachte, beäugten Pop und Kuk einander pausenlos.

„Ein Schluck oder ich…!"

Oder er steht auf, wirft den Tisch um, läuft davon und – denkt für immer etwas Anderes! Einmal umfassten Kuks Finger den Stiel eines der Gläser, aber dann ließen sie wieder ab. Pop hob ein Glas gar eine Handbreit von der Tischfläche, ließ es wieder sinken. Ob es das erste oder das zweite war, lässt sich nicht mehr feststellen. Nun ging es gar nicht mehr vorwärts.

Es wurde Mittag, es roch nach gegrillten Würstchen vom nahen Stand, Leute setzten sich auf Bänke und aßen und tranken und dösten.

„Noch ein Glas Mineralwasser, bitte."

Bis der Kellner das Gewünschte brachte, durchschauten Pop und Kuk einander rastlos. Je drei volle, perlende, zischende Gläser Mineralwasser standen vor den Verhandlungspartnern, die nun ihre letzten Spielräume ausschöpften. Pop umfasste mit den Flächen beider Hände das dritte, noch kühle Glas, Kuk schnupperte sogar an allen drei Gläsern.

„Kein Schluck weiter!"

Keiner! Pop rieb sich hastig seine Hände an den Hosen trocken und verhakte sie über der Brust ineinander. Kuk zog mit einer schwungvollen Bewegung ein blaues Taschentuch aus der Hosentasche und betupfte sich damit die von Sprudelspritzern benetzte Nasenspitze. Mit ebenso viel Schwung wollte er das Taschentuch wieder zurückstecken, seine Hand schlug dabei an eins der Gläser, das Glas fiel um, das Wasser ergoss sich über die Tischfläche, es tropfte zu Boden. Ob es sich um das erste, zweite oder dritte Glas handelte, lässt sich unmöglich rekonstruieren. Möglich wäre auch, dass das Missgeschick beabsichtigt und eine Taktik war, um die Gegenpartei abzulenken, zu verwirren und in Zweifel zu stürzen. Politische Gegner sind keine Feinde, aber mit allen Mitteln zu bekämpfen.

„Zahlen!", rief Pop. Auch Kuk zückte das Portemonnaie. Der Kellner eilte herbei. Die Trinkgelder waren anständig.

Danach erhoben sich Pop und Kuk, zwinkerten einander zu und verschwanden in entgegengesetzte Richtungen im Strom der Passanten, während der Kellner das Tischchen abräumte. Gedankenfreiheit ist in der Verfassung verankert, außerhalb derselben ist sie aber nicht zugelassen.

Geheimnis

In Leeck trafen sich der König, der Präsident und der Staatschef zum Dreiergipfel. Ihren Limousinen entstiegen, winkten sie jovial den versammelten Fotografen zu und verschwanden ins Innere des Gebäudes zum wichtigen Gespräch unter sechs Augen. Nachdem sie die Tür hinter sich geschlossen hatten, eröffnete der König ohne weitere Vorrede die Beratungen, indem er den Reißverschluss seiner Hosen herunterzog und sein Glied zum Vorschein brachte, worauf der Präsident seine Hand darum legte und das sich unter seinen emsigen Fingern versteifende Glied in den auffangbereiten Mund des Staatschefs führte. Danach tauschten sie ihre Rollen; und später tauschten sie sie nochmals, so dass am Ende jeder sich in allen drei Funktionen betätigt hatte. Da es sich um ältere Herrschaften handelte, dauerten die Beratungen etwas länger. Aber es hatte sich gelohnt: Jetzt, endlich, teilten sie ein Geheimnis! Strahlend traten sie aus dem Gebäude und stellten sich den Medien.

Vom Geheimnis aber mussten einer oder mehrere Außenstehende doch Kenntnis erhalten haben – sonst könnte es hier ja gar nicht verraten werden!

Museum

Im Handstreich eroberte Frau Doktor Meck die Direktion des Historischen Museums in Lau. Auf ihr Geheiß fegten ihre Leute alle Schreibtische leer, prügelten die Mitarbeiter davon und kerkerten ihren Vorgänger im Burgverlies ein. Drei Tage später, als die Lage sich beruhigt hatte, machten der Bürgermeister und seine Gemeinderäte der neuen Museumsdirektorin ihre Aufwartung. Diese stand schon bereit: Auf ihr Kommando erschlugen ihre Leute, die in den ausgestellten mittelalterlichen Rüstungen versteckt waren, mit den Hellebarden die Leibwächter und warfen die Gemeindepolitiker in den Kerker zum dort schmachtenden Museumsdirektionsvorgänger.

Triumphierend erklärte Direktorin Meck daraufhin die ganze Stadt zum Historischen Museum. Ab sofort hatten sich alle Bewohner wie Ausstellungsfiguren zu kleiden und zu verhalten.

Von den Touristen wurde nun ein Eintrittsgeld für den Besuch der Stadt erhoben. Als besondere Attraktion ließ Direktorin Meck Freveltaten begehen, denen die Besucher gegen ein Aufgeld beiwohnen konnten. Premiumgäste konnten auch der Ergreifung, Folterung und exemplarischen Bestrafung der Übeltäter bis zum Henken zuschauen. Die Verbrechen wurden im Veranstaltungsprogramm, das jeden Monat erschien, angekündigt.

Der nicht ausbleibende Publikumserfolg spülte so viel Geld in die Museumskasse, dass Lau in ungesehenem Wohlstand erblühte. Allerdings nahm seine Bevölkerungszahl stetig ab, weil viele Einwohner entweder als Opfer der populären Untaten ermordet oder als deren Täter gehenkt wurden. Um dieser ungünstigen Entwicklung Einhalt zu gebieten, ging man dazu über, auf Auswärtige und Fremde, die man weniger vermisst, zurückzugreifen.

Wiegenlied

Jeden Abend, wenn die Vögel still wurden und der Himmel sein Sternenzelt aufspannte, sang der Präsident von Uku ein Wiegenlied, darin seinem Volke herrliche Ruhe und immerwährende Morgenröte verheißen waren, so es in Gehorsamkeit den Tag verbracht. Er intonierte das Lied sehr leise, fast als sänge er für sich. Die allermeisten Bürger hörten es kaum und hätten, falls man sie fragte, wohl nicht sagen können, ob jemand sang, summte oder schwieg. Auch die Gewöhnung mochte dazu beitragen, dass praktisch niemandem auffiel, dass das Wiegenlied, zum allerersten Mal in der jahrzehntelangen Amtszeit des Präsidenten, am 16. Februar und an allen darauf folgenden Tagen nicht mehr erklang, weil dem Präsidenten die Kehle durchgeschnitten worden war, was sich als seinem Gesang sehr unzuträglich erwies. Der Vizepräsident, der überstürzt seinen Skiurlaub abbrach und noch in derselben Nacht zurückflog, wurde von Militäreinheiten abgefangen, bevor er seinen zweiwöchigen Gesangskurs beginnen konnte, um das Wiegenlied auswendig zu lernen, und weit fort über die Landesgrenze gebracht.

„Ab sofort wird nicht mehr gesungen!", donnerte der neue Präsident, ein kahlrasierter General, und setzte sich im Vorausblick auf seine jahrzehntelange Amtszeit die Sonnenbrille auf.

Schon nach wenigen Tagen klagten viele Menschen über schlechten Schlaf, Übellaunigkeit, gar Schwermut und plötzlichen Pessimismus. Bald gerieten die Eckdaten der Wirtschaft ins Rutschen: Viele Leute an Schlüsselpositionen waren ausgebrannt und krankgeschrieben, Innovationen blieben aus, Streiks drohten.

Aber nur ganz vereinzelte Bürger wurden bei den Behörden vorstellig, klagten besorgt oder aufgebracht über das Ausbleiben des Gesangs und mussten verhaftet werden.

Denkmal

Als der greise Diktator endlich starb, stießen die Leute in ihren Häusern hinter zugezogenen Vorhängen mit Champagner an. Bald darauf wurde Demokratie eingeführt.

Der erste gewählte Präsident ließ unverzüglich das 88 Meter hohe Standbild des Diktators auf dem Hügel über der Hauptstadt Echs mit Unmengen Beton einsargen, als unübersehbares graues, hässliches Mahnmal: Nie wieder! Nach einigen Jahren prangte der Betonsarg auf allen vier Seiten und bis in seine 102 Meter Höhe voller Graffiti, welche waghalsige Sprayer bei Nacht und Nebel angebracht hatten. Zur Feier seiner Wahl für ein viertes Mandat beauftragte der Präsident die Sprayer, welche in der Zwischenzeit zu Jahren und Ehren gekommen waren, im oberen Drittel des Betonsargs auf allen vier Seiten je ein Porträt von ihm zu sprayen, auf dem er weise auf sein Land und sein Volk herunterschaute. Da die Witterung den Porträts stark zusetzte, ließ der Präsident zu seinem Amtsantritt für ein siebtes Mandat von mehreren hundert mit Pressluftbohrern ausgerüsteten Steinmetzen ein heroisches Standbild aus dem Betonsarg herausfräsen, das weit über die Köpfe der Bürger entschlossen in die Ferne blickte.

Jahre später, nachdem der Präsident längst zum Diktator geworden war, starb auch er, uralt. Die Leute stießen hinter heruntergelassenen Jalousien auf die neue Morgenröte an. Bald darauf kam eine neue Demokratie, wieder wurde ein Präsident gewählt. Als erstes ordnete der frische Präsident an, um das Standbild des verstorbenen Diktators auf dem Hügel über der Hauptstadt einen neuen Betonmantel zu gießen.

In der heutigen Zeit – viele Jahrzehnte und mehrere ewige Präsidenten später – ist das Mahnmal auf eine Höhe von 363 Meter und einen Durchmesser von 78 Meter angewachsen. Wir sehen hinauf und wissen alle: Nie wieder!

Steine

Anschließend ging es hinauf zu einem weitläufigen halbzerfallenen Gemäuer.

„Hier war der Sitz der Könige", erklärte uns die Fremdenführerin vom Fremdenverkehrsamt der Stadt Sae. „Beschreibungen sind uns aber keine überliefert. Schon die allerältesten Chroniken berichten bloß von einer Ruine."

Unsere Reisegruppe folgte der Führerin auf den überdachten Rundgang, vorbei an Schautafeln und Hinweisschildern. An einer Innenhof-ähnlichen freien Fläche blieb sie stehen und wartete ab, bis wir uns alle um sie gruppiert hatten.

„Hier ist die Mitte!", rief sie. „Der Nabel! Der Ursprung! Der Quell!"

Täuschte ich mich, oder bebte ihre Stimme wirklich?

Das etwa sechs mal sechs Meter große Quadrat war übersät von blendend weißen kleinen Kieselsteinen. Wozu bloß hatte man sich die Mühe gemacht, Zehntausende von weißen Kieselsteinen aus einem Fluss zu lesen und hierher zu karren?

„Hier sehen Sie die Überreste der Großen Figur", sagte unsere Geleiterin feierlich und zeigte auf die Kieselsteine. „Allmutter nennen wir sie. Durch alle historischen Zeiten hindurch wird bezeugt, dass die Statue in ferner Vergangenheit existiert hat, aber niemand kann sagen, wie sie ausgesehen hat."

Anscheinend zerbrach die Statue, die nie jemand ganz gesehen hat, in grauer Vorzeit aus irgendeinem Grund. Ihre Trümmer wurden in den Fluss geworfen, wo das Wasser sie rund schliff. Jahrhunderte danach wurden sie sorgfältig wieder aufgesammelt, hierher geführt und so ausgestreut, wie wir sie heute sehen.

Jahrhunderte danach? Wie viele denn? Das sagte die Fremdenführerin nicht.

„Seit Alters her sind große und kleinere Geister bestrebt, die verlorene Große Figur auf Papier oder in Ton nachzubilden", fuhr unsere Gastgeberin fort. „Unser ganzer Kunstreichtum, ja all unser Feinsinn, Schöngeist und Edelmut haben ihren Ursprung in diesen Steinen, die Sie hier vor sich sehen. All unsere Kunstwerke verdanken ihre Entstehung der Sehnsucht und den Versuchen, die verlorene Allmutter wiederzuerschaffen. Nicht umsonst beherbergt unsere kleine Stadt", fügte sie stolz hinzu, „siebenundzwanzig weltberühmte Kunstmuseen!"

Man fand also genau dieselben Trümmerstücke wieder – wie war das denn möglich? Nach so langer Zeit? Auch davon kein Wort.

„Und wie steht's mit der Musik, der Dichtung, dem Schauspiel in Ihrer Stadt?", fragte ich unsere Gewährsfrau stattdessen.

Schriftsteller

„Jeder Satz muss neu und überraschend sein!",
schrieb der Schriftsteller stets von Neuem und in immer perfekterer Kalligrafie auf zahllose Blatt Papier.
Die Ausstellung in Irst wurde ein großer Erfolg.

Bücher

Unternehmer Schäff ist überzeugter Philanthrop und Kulturmäzen, was nicht zuletzt seiner Heimatstadt Häss zugute kommt, wo vor kurzem ein von ihm gestiftetes Büchermuseum eröffnet worden ist, welches Bücher beherbergt, wie sein Name sagt, welchselbiger aber keinen expliziten Hinweis darauf enthält, dass dort nur ungelesene Bücher ausgestellt sind, was aber eine Selbstverständlichkeit sei, wie Unternehmer Schäff in seiner Einweihungsrede betonte, weil niemand daran zweifeln könne, dass das Kulturgut Buch nur ungelesen und unbefingert und von jeglichem Auge unbeglupscht in seiner Reinheit bewahrt werde, da kein Leser ja auch nur annähernd die Höhe auch nur des geringsten Buches auch nur mit den Fingerspitzen je zu erreichen in der Lage sei, was einen solchen Leser und seinesgleichen aber nicht daran hindere, sich immer wieder an der Herrlichkeit unverbrauchter, unangetasteter Bücher zu vergreifen, wodurch Unternehmer Schäff sich gezwungen sehe, zur Rettung und Bewahrung der Buchkultur alle Auflagen aller erscheinenden Bücher vorzu aufzukaufen, damit sie nicht in die Hände frevlerischer Leser fallen, welche nun durch die Eröffnung dieses schönen Museums dahingehend erzogen werden sollen, dass sie von Wiederholungen ihrer Freveltaten absehen oder einen solchen schänderischen Umgang mit einem hohen Kulturgut schon gar nicht anfangen, denn für alle kunstsinnigen und kulturbeflissenen Menschen in dieser Stadt und in diesem Land ist klar: Ein Mensch darf nicht mit ein und denselben Fingern, mit denen er Zwiebeln schneidet, die Seiten eines hehren Gedichtbandes wenden!, sagte er.

Wiese

Dichter knien im Gras und lesen Wiesen. Was sie lesen, kritzeln sie in Hefte. Die Hefte enthalten ihre Werke. Diese werden weiterum geschätzt. Man kann sie lesen, ohne Wiesen lesen zu müssen. Wer Wiesen nicht lesen kann, ist kein Dichter, kann aber die Werke der Dichter lesen. Dichter sind die Einzigen, die Wiesen lesen können. Ihre Hosen sind an den Knien abgewetzt vom vielen Lesen. Sie knien jahrelang im Gras und lesen die Schrift der Pflanzen. Sie verstehen, was die Pflanzen durch Wuchs, Form und Reihung ausdrücken. Im Nu erfassen sie die Nuance des gezackten Blattrandes, der rosa Blüte, des gekrümmten Stängels. Sie kritzeln in einem Fort, es sind viele Pflanzen auf der Wiese. Wiesen sind geschützt. Niemand außer ausgewiesenen Dichtern darf sie betreten, sie sind weder Weide- noch Bauland. Schon eine einzige Wiese enthält unendlich viel Dichtkunst, wenn auch nicht die gesamte. Pflanzen wachsen, blühen, welken, verkrümmen und verfärben sich. Alte verdorren, neue wachsen nach. Die Pflanzen stehen in stetem Wandel, die Wiese ist nie dieselbe. Kein Dichter ist wie der andere. Einer liest die Wiese von links nach rechts, der andere umgekehrt, der eine senkrecht, der andere waagrecht, einer schräg statt gerade, der andere kreisförmig statt linear. Sie schreiben, was sie lesen, ein Gedicht wiederholt sich nie. Was an der Wiese unmerkliche

Veränderungen sind, wird in den Gedichten zu himmelhohen Unterschieden. Ihre Vielfalt und Herrlichkeit ist unerreicht. Die Dichtkunst steht auf dem Höhepunkt ihrer Blüte, jederzeit.

In Lux hingegen wurde vor zwei Monaten ein Mann, der sich als Dichter ausgab, des Betrugs überführt. Er hatte seine Gedichte nachweislich nicht in der Wiese gelesen, sondern aus seinem Kopf herauszuschreiben versucht. Unbedarfte Leute vermochte er mit seinem Geschreibsel zu täuschen, aber die unbestechlichen Experten der Dichtkunst erkannten auf den ersten Blick an den sauberen, unabgenutzten Hosen, dass er ein Hochstapler war. Ihm wurde das Dichten auf Lebenszeit untersagt.

Schatten

In Ez werden die Vögel sorgsam gefüttert; ihnen werden auf Ästen und an Hecken Nester gebaut; Katzen und Hunde und andere Feinde werden abgeschossen, wiewohl stets mit Schalldämpfer, um die Vögel nicht zu verschrecken. Über Ez flattern deshalb viele Vögel am Himmel und werfen ihre flatternden Schatten auf die Straßen und Plätze des Städtchens.

Es ist um ihrer Schatten willen, weshalb die Bewohner von Ez die Vögel so umfänglich hegen. Die Beobachtung der Schatten und ihrer Formen bildet die künstlerische Empfindsamkeit, ja ist Quelle und Inspiration für große Werke der Kultur. Ihr Formenreichtum schärft die Beobachtungsgabe und die Gewissenhaftigkeit im Umgang mit der Wirklichkeit. Einschlägige illustrierte Handbücher sind mehrere hundert Seiten dick. Kenner können am Schattenwurf nicht nur Tausende von Vogelarten erkennen, sondern auch das Alter und den Gesundheitszustand der Vögel bestimmen und bei zugepfropften Ohren sogar ihren Gesang sehen. Wo stünden in Ez Kunst, Bildung, Wissenschaft und Lebensstandard ohne die Vogelschattenkultur!

Die Vögel selbst zu beobachten ist verpönt, weil es die Achtsamkeit von den Schatten ablenkt. In früher Zeit, als die Menschen noch ungebildet und ungebärdig waren, hatte die Obrigkeit die Mär

verbreitet, dass die Vögel allen, die zu ihnen auf-
schauen, die Augen auspicken würden. Die Bewohner von Ez liefen deshalb seit Alters her stets ge-
duckt durch die Straßen, mit dem Blick gen Boden,
um die flatternden Schatten zu erhaschen. Auch die
Haltung von Vögeln in Käfigen gilt als unkultiviert,
weil die Vögel dadurch am Schattenwerfen gehindert
werden.

Rasierapparat

Während vieler Generationen war die Ortschaft Kött bekannt und beliebt für ihre unerreichte Rasierapparatkultur, wie wir sie noch heute im Stadt- und Heimatmuseum bewundern. Die ersten Rasierapparate waren farblose Undinger, größer als ein Ochsenfrosch, und machten einen Höllenlärm. Jahrzehntelang waren sie die einzigen elektrischen Geräte in den Haushalten. Alle anderen Elektrizität verbrauchenden Vorrichtungen, darunter zuvorderst die Glühbirnen, waren verpönt, denn solange sie in Betrieb waren, raubten sie den Rasierapparaten die so notwendige Energie. All diese neumodischen Geräte waren ja auch lange Zeit vollkommen entbehrlich: Dafür griff man auf einfache, seit Jahrtausenden bewährte Mittel wie Handarbeit, Kerzen oder Ölpfunzeln zurück.

In der damaligen Zeit trugen alle Männer Bart, und Rasierapparate erfüllten eine rein akustisch dekorative Funktion. Die Familienväter stellten jeden Tag schon beim Aufstehen den Apparat an, denn sein frohes Lärmen erfüllte sie mit Genugtuung: Es war das tönende Ebenbild ihrer Tüchtigkeit! Manchmal, wenn das Wetter grau war und sie sich bedeutungslos vorkamen, ließen sie den Apparat sogar mehrmals am Tag laufen; dann fühlten sie sich sogleich zuversichtlicher und tatenfroher.

Die Rasierapparate standen in den eleganten Bürgersalons jener Epoche auf halbrunden Wandtischchen oder schlanken Stelen, oft unter dem großen Ölporträt des Stammvaters der jeweiligen Familie. Stolz blickte der Stammvater aus dem reich verzierten Goldrahmen, als hätte er die Herrlichkeit seiner Nachfahren vorausgeahnt. Die Rasierapparate waren, je nach Betuchtheit ihrer Besitzer, mit mehr oder weniger Perlen, Halbedelsteinen und Diamanten besetzt und wurden stets in Betrieb gesetzt, wenn Gäste kamen. Zum Empfang stellte sich der Gastgeber in seinem Feiertagsgewand neben den laufenden Apparat. Bevor der Besuch sich setzen durfte, musste er den Apparat, sein Lärmen und seinen Prunk ausgiebig bewundern. Die Bewunderung des Apparats sowie das gemütliche Geplauder zwischen Gastgeber und Gästen bedurfte allerdings der Gesten und Gebärden, denn das Lärmen verunmöglichte eine akustische Verständigung.

Welche Blamage, wenn der Apparat einmal nicht anspringen wollte oder nur ein Krächzen von sich gab! Dann wurde mit schriller Stimme nach dem sogenannten Surrdiener gerufen, dem für den Unterhalt des Rasierapparats zuständigen Bediensteten. Rasierapparate waren heikle Geräte; ihre Wärter konnten oft den hohen Ansprüchen nicht genügen und mussten entlassen werden. Wochenlang dauerte es, bis ein neuer gefunden war, und derweilen wurde in der Ortschaft gemunkelt, gelästert und gegrinst. Zu einer anständigen Bewirtung gehörte das Rasseln des Rasierapparats – je lauter und durchdringender, desto besser! – fast noch mehr als reichhaltige Speisen oder edle Tropfen. Denn nichts trug mehr zum Hochgefühl der Gastgeber wie der Gäste bei, am technischen Fortschritt teilzuhaben, durch nichts fühlten sie sich stärker mit der Dynamik der modernen Welt eins!

Lange sträubten sich die Bewohner von Kött, aber schließlich beugten auch sie sich der unseligen Mode – oder wie immer man es bezeichnen mochte. Irgendwo war nämlich jemand auf die Idee gekommen, sich unter Zuhilfenahme eines Rasierapparates jeden Tag das Gesicht zu rasieren. Warum er so rasch so viele Nachahmer fand, darüber kann man höchstens Vermutungen anstellen: Möglicherweise fanden die Frauen die nackte Kantigkeit eines rasierten Gesichtes attraktiv. Nicht nur dem Küssen standen jetzt keine Borsten mehr im Weg, auch dem herrischen Vorrecken des Kinns und der schneidenden, Befehle bellenden Stimme. Nichts mehr stand dem Ritt des rasierten Manns auf den Erfolgskurven entgegen!

Die neuen Rasierapparate rasierten porentief und spiegelblank. Sie gehorchten leise surrend dem leichtesten Druck der Fingerkuppen. Sie schmiegten sich der Hand an wie flüssiges Metall der Gussform, denn so war es: Das Leben war flüssiges Metall, das sich den Vorstellungen des rasierten Mannes fügte. Kein Zweifel, er stand auf dem Höhepunkt von allem, auf allen Höhepunkten, auf den höchsten Punkten überall. Er war es, der den Fortschritt voranpeitschte!

In neuerer Zeit wurden aber nicht nur die Rasierapparate, sondern auch die sich rasierenden Männer selber immer unscheinbarer und zuletzt ganz unsichtbar, perfekt integriert ins Getriebe der Welt. Man vernimmt ein leises Surren und man weiß: Dort muss ein Mann stehen, den Rasierapparat in der einen Hand, die Fäden, an denen er Figuren auf der ganzen Welt tanzen lässt, in der anderen. Und womöglich ist man selbst eine dieser tanzenden Figuren.

Bärtige Männer sind noch auf Daguerreotypien zu bestaunen, von denen die prachtvollsten im Stadt- und Heimatmuseum zu Kött ausgestellt sind.

Wachsam

„Seid wachsam wie die Käfer", schrieb schon der spätmittelalterliche Dichter, Prediger und Apotheker Sebastianus Hammerfest. Seit je ziert ein Käfer das Wappen des Städtchens Söpp. Seine Bürger trugen gern Talismane in Käferform als Schmuck um den Hals oder an den Fingern. In ihren Häusern hingen Bilder von Käfern mit vergoldetem Panzer, großen aus dem Kopf baumelnden Augen und furchterregenden Zangen. In ihren Gebeten flehten sie, Gott möge alle Käfer behüten, denn solange diese wachsam seien, könne ihnen, den Bürgern, nichts geschehen. Wenn dennoch Kriege und Seuchen große Teile der Bevölkerung hinwegrafften, schrieben sie dies einem vorherigen Schwund von Käfern zu. Es seien in den Jahren vor den Heimsuchungen zu wenige Leute und Lebewesen gestorben, schrieben Gelehrte jener Jahrhunderte, „es war uns zu gut gegangen", denn hatten sie nicht beobachtet, dass Käfer sich besonders gern auf Leichen und totem Fleisch aufhielten? Da daran Knappheit geherrscht habe, hätten auch die Käfer darben müssen.

Spätere Generationen von Gelehrten, bereits vom Aufklärungsdenken gegerbt, entlarvten den Käferkult als Aberglauben. Die Leute hätten, vor lauter Verehrung für die Käfer, die eigene Wachsamkeit vernachlässigt und seien darum immer wieder Opfer sonst vermeidbarer Schläge und

Katastrophen geworden; viele könnten heute noch leben. Käfer, so furchtlos und unverwundbar sie sich auch den grausenden Toten näherten, könnten unmöglich die Wachsamkeit und Wehrhaftigkeit für alle Bewohner des Städtchens ausüben.

Nach den revolutionären Perioden im ausgehenden 18. und beginnenden 19. Jahrhundert wurde der Käferkult offiziell abgeschafft, auch wenn er privat in manchen Haushalten noch weiterleben mochte. Wachsamkeit wurde zur ersten bürgerlichen Tugend ausgerufen. Jahrzehntelang wurde allerdings darüber gestritten, wogegen die Wachsamkeit sich zu richten habe. Gegen wilde Tiere und Naturgewalten, meinten die einen, gegen die Finsternisse der Nacht und des Sternenhimmels andere. Als eine allerdings ziemlich minoritäre Gruppe sich dafür stark machte, gegen den Allmächtigen, welcher letztendlich für alles, Gutes wie Schlimmes, verantwortlich sei, und seine Gehilfen die Wachsamkeit zu schärfen, brachen jahrelange wüste Prügeleien unter den Ratsmitgliedern und auch den Bürgern auf den Straßen aus.

Dem Denker und Volkserzieher Hörebald Jochbein war es vorbehalten, mit einem weisen, schlichten Wort die aufgebrachten Geister zu besänftigen.

„Nicht fern und unbestimmt ist die höchste Gefahr, sondern ganz nah und greifbar, allen Blicken sichtbar und von jedes Mund benennbar, gegen welche wir wachsam sein mögen," sprach er. Selbst das beste Beispiel gebend, erdolchte er seinen Nachbarn, welcher im Versuch, seinem entlaufenden Hund nachzuspringen, seinem Grundeigentum bedrohlich nahe zu kommen sich angeschickt hatte.

Seit jener Zeit ist in Söpp die Kriminalitätsrate stetig auf heute rekordverdächtige Tiefen gesunken. Dank der Wachsamkeit der Bürger wird jeder Versuch eines Verbrechens im Keim erstickt, indem der angehende Verbrecher bereits vor der Tat an dem von ihm vorgesehenen Tatort eliminiert wird. Womöglich haben aber an der heutigen hohen Bürgersicherheit doch auch wieder Käfer ihren Anteil, denn auf den sich häufenden Leichen angehender Verbrecher gedeihen sie prächtig. Käfermotive sind jedenfalls in letzter Zeit wieder vermehrt als modische Accessoires zu sehen.

Hunde

Bei uns in Hös hat das Leben einen geregelten, disziplinierten Gang. Nicht zu Unrecht werden wir dafür bewundert. Unser Pflichtbewusstsein verdanken wir aber nicht unserer Tugendhaftigkeit, sondern unseren Hunden.

Unsere Hunde bellen nicht mehr als Hunde in anderen Gegenden. Aber für unsere geübten Ohren ist ihr Bellen ein eindringlicher Mahnruf. Beispielsweise gehen wir eine Straße entlang, und hinter einer Gartenmauer oder aus einem offenen Fenster erklingt Hundegebell. Unmittelbar verstehen wir: Wir sind dabei, eine Pflicht zu versäumen! Wir dürfen keine Pflicht vernachlässigen! Welche Pflicht? Jedermann obliegen vielfältige Pflichten; jedermann weiß, was er zu tun hat: der eine dies, der andere jenes. Nur besinnt man sich nicht in jedem Moment darauf. Vor einem bunten Schaufenster mag man sich zerstreuen, durch einsetzenden Regen ablenken oder die Zeit mit einem Bekannten verschwatzen: Bellt ein Hund, wird man auf den Boden seiner Pflichten heruntergeholt, reißt sich los von eitlem Zeitvertreib, eilt seines Weges weiter.

Um eines tadellosen Lebens willen wurde in unserem Landstrich im Laufe der Zeiten und Generationen eine besondere Hunderasse herangezüchtet. Die einzelnen Exemplare unterscheiden sich zwar stark in Kopfform, Fellfarbe, Körpergröße und sogar Paarungsverhalten, zeichnen sich aber durch besonders präzises, ja schneidendes Bellen aus. Sie sind sehr ausdauernd im Bellen und bellen selbst des Nachts klaglos. Sobald aber die Stimme – oder wie man dies bei Hunden nennen soll – nach einer Phase galoppierender Heiserkeit versagt, wird der Hund abgetan, selbst wenn er sonst noch kerngesund ist. In der kurzen Zeitspanne zwischen dem Einschläfern des verstummten Hundes und der Indienststellung eines neuen, lautstarken ist die öffentliche Ordnung stark gefährdet: Im betroffenen Straßenzug können bei einzelnen Menschen chaotische Impulse überhandnehmen, sie sorgen für Unordnung und stecken mit ihrer Haltlosigkeit andere Menschen an. Zum Glück kommt dies aber nur ganz selten vor, und bevor die Lage außer Kontrolle gerät, sorgt ein neuer, frischer Hund mit unverbrauchter Bellkraft für Ruhe und Ordnung und Anstand.

Dies alles steht so in der Bürgerfibel.

Aber wirklich gesehen hat noch niemand einen Hund. Manch einer beteuert zwar treuherzig, hier oder dort einen gesehen zu haben, einen Schatten hinter einem Busch, einen um eine Hausecke verschwindenden Schweif. Aber allzu leicht fordert solcherart Gesagtes Widerspruch heraus, sät alles Wort sein Widerwort, und Zweifel übermannen uns. Hinter vorgehaltener Hand munkeln Einzelne, in Wirklichkeit gebe es gar keine Hunde, sondern nur allerorts an unsichtbaren Stellen angebrachte Lautsprecher, die periodisch Aufnahmen von bellenden

Hunden abspielen. Aber bereits das nächste Bellen erinnert uns daran, dass wir solche Dinge niemals denken dürfen, geschweige denn aussprechen oder gar mit anderen teilen. Zweifel sind ein Verstoß gegen die Pflicht zum positiven Dienst am gemeinsamen Lebensschaffen.

Hunde sehen wir zwar nicht. Aber sie sind allgegenwärtig und bellen uns das Leben vor. Wir hören auf sie. Wo kämen wir sonst hin!

Gerade

Mit großem Mehr beschloss der Gemeinderat, die Straßen der Ortschaft Jah zu begradigen nach dem Motto: „Gerade Straßen für rechtschaffene Menschen".

Alle Straßen wurden begradigt. War ein Haus in den Weg gebaut, wurde es zurechtgefräst. Manche Häuser wurden mittendurch aufgeschnitten, wie in einer Puppenstube lagen die Zimmer offen dar.

Viele Bewohner verloren auf diese Weise Heim und Bleibe. Eine Entschädigung lehnte der Gemeinderat aber ab, weil die Betroffenen mit der durch die Begradigung der Straßen bewirkten Läuterung und Klärung ihres Geistes schon mehr als genug beschenkt seien.

Moral

Es erfüllt uns mit Genugtuung, Ihnen mitteilen zu dürfen, dass unsere schöne Stadt Nö dieses Jahr mit dem vom Internationalen Rat für Universale Holistische Ethik (INRUHE) verliehenen ersten Preis für die Moralischste Stadt der Welt ausgezeichnet wurde, den ihre höchsten Bürgerschaftsvertreter im kommenden Dezember in einem feierlichen Akt in Empfang nehmen werden. Diese Auszeichnung war überfällig, ist Nö doch schon seit Generationen weitherum bekannt für unübertroffene Moral und blühendes Moralgewerbe, weshalb es mit Stolz und zu Recht den Beinamen „Wiege der Moral" trägt.

Gewonnen wird Moral bekanntlich aus dem Sekret der Schwanzdrüse des Lindwürmchens. Das Lindwürmchen ist eine in der Gegend von Nö häufig vorkommende Eidechsenart, deren Bezeichnung daher rührt, dass sie sich bei Gefahr aufplustert und am Kopf eine derart rote Färbung annimmt, als wäre sie ein kleiner feuerspeiender Drache. Der Duft des Sekrets verführt Insekten dazu, sich auf der Suche nach Nektar auf den Schwanz des Lindwürmchens zu setzen, wo sie kleben bleiben. Bei Hunger krümmt das Lindwürmchen seinen Körper zum Schwanz und leckt die festklebenden Insekten ab.

Das Lindwürmchen war mehrmals vom Aussterben bedroht, weil die Technik der Sekretgewinnung mit dem steigenden Moralbedarf der Nöer

73

nicht Schritt hielt. Lange wandte man die herkömmliche, etwas brachial anmutende Methode an, dem Tier den Schwanz abzuschneiden und aus diesem den begehrten Saft herauszupressen. Wie bei anderen Eidechsenarten wuchs zwar auch beim Lindwürmchen der Schwanz wieder nach, aber nicht rasch genug, so dass die meisten Tiere die nahrungslose Zeitspanne, bis die Schwanzdrüse wieder funktionstüchtig wurde und Insekten anzog, nicht überlebten. Erst im 18. Jahrhundert verfiel der Apotheker Cäsar Gamperdin auf die Idee, tote Fliegen als Köder zu verwenden, um die Eidechsen zu ausreichender Moralsekretion anzuregen, damit der kostbare Rohstoff – endlich! – vom lebenden Tier abgeschabt werden konnte. Im Zuge weiterführender Experimente ließ er seinen achtjährigen Sohn das Summen der Fliegen nachahmen. Durch unbestechliche Beobachtung erkannte Gamperdin, dass die Sekretion des Lindwürmchens durch das Summen seines Sohnes selbst dann erheblich gesteigert wurde, wenn keine toten Fliegen als Köder verwendet wurden. Dank weiterer hartnäckiger Versuche fand er ebenfalls heraus, dass summende Kinderstimmen sich als weitaus wirksamer erwiesen als Erwachsenenstimmen. Daraufhin wurden auf sein Bestreben hin Summschulen für die Kinder der Stadt eingerichtet. Die Moralproduktion nahm einen spektakulären Aufschwung, bald wurde Moral auch in großen Mengen exportiert.

Noch heute werden in den gehobenen Kreisen gerne die Söhne und Töchter in eine

Summschule für die Moralerzeugung geschickt. Aufgenommen werden die Kinder im Alter von vier bis fünf Jahren. Zuerst durchlaufen sie eine strenge zweijährige Ausbildung, bevor sie während einiger Jahre in der Moralerzeugung eingesetzt werden. Sobald sie in der Adoleszenz ihre Kinderstimmen verlieren, treten sie in den Ruhestand, der mit immerwährendem höchstem moralischem Ansehen und dem Genuss lebenslanger Ehrbezeigungen erfüllt ist. Alljährlich findet ein Summfestival statt, an dem die verschiedenen Summschulen um die Wette summen. Zu diesem Anlass, der monatelang vorbereitet und eingeübt wird, tragen die Kinder Trachten des ausgehenden 18. Jahrhunderts und tanzen den traditionellen Fliegentanz. Nicht nur für die Menge, auch für die Güte der produzierten Moral werden Auszeichnungen verliehen. Die Verwendung von Mikrofonen sowie jeglicher tonverändernden, -verstärkenden oder -veredelnden Elektronik gilt als unstatthaft.

Natürlich handelt es sich bei der auf diese Weise produzierten Moral um ein sehr exklusives kunsthandwerkliches Produkt, das sich nur betuchte Kreise leisten können. Für den Alltag genügt industriell gefertigte Moral. Die Nachfrage nach Moral und moralbasierten Produkten hat längst dazu geführt, dass die summenden Kinderchöre durch maschinelle Beschallung der Lindwürmchen ersetzt wurde. Mittlerweile gibt es auch synthetische Moral, die sich wegen ihrer unschlagbar niedrigen Preise wachsender Beliebtheit erfreut. So können sich selbst die

Bevölkerungsschichten mit geringer Kaufkraft Moral leisten und sich damit in der Öffentlichkeit präsentieren.

Haifisch

An Seilen hängt ein Haifisch hoch oben in der Mehrzweckhalle von Kusch und schaut auf das Publikum herab, welches zu ihm hinaufschaut. Da der Haifisch immer wieder sein riesiges Maul aufsperrt und nach imaginärer Beute schnappt, sind die emporgerichteten Blicke der Besucher ehrfürchtig. Aber der Haifisch kriegt sie nie zu fassen. Um zu verhindern, dass die Ehrfurcht des Publikums erlahmt, geben die Behörden dem Haifisch ab und zu einen Säugling zum Fressen. Das Publikum strömt umso zahlreicher herbei, je mutmaßlicher es Zeuge eines Säuglingsfraßes wird. Es beginnt sich absichtlich unbotmäßig und frivol zu verhalten, damit ein Säuglingfraß, der es wieder Ehrfurcht lehren soll, wahrscheinlicher wird. Es glaubt auch festgestellt zu haben, dass der Eintrittspreis, den es bezahlen muss, um den Haifisch zu sehen, umso höher steigt, je näher ein Säuglingsfraß rückt. Der Besucherzustrom ist darum umso beträchtlicher, je höher die Eintrittspreise steigen, und die Eintrittspreise steigen umso erklecklicher, je mehr Besucher heranströmen.

Einmal jedoch biss der Haifisch im Übermut die Seile, an denen er von der Decke hing, durch. Aber – oh Wunder! – er fiel nicht herunter auf die Leute, nein, er blieb schweben! Fortan drängten nicht nur Leute aus Kusch, sondern auch aus der näheren und ferneren Umgebung herbei. Ehrfurcht brauchte man ihnen nicht mehr beizubringen, von selber schauten sie in andächtiger Stille und mit gefalteten Händen zum schwebenden Haifisch hinauf. Manche streckten dem Haifisch sogar ihre Säuglinge entgegen, damit er sie sich schmecken ließ.

Für die Bewältigung solcher Pilgermassen waren die Behörden weder gerüstet noch befähigt. Umgehend verkauften sie die Mehrzweckhalle samt schwebendem Haifisch zu einem gewaltigen Preis an eine internationale Investorengruppe. Auf einen Schlag war der städtische Haushalt saniert, zudem flossen üppige Steuereinnahmen aus dem Haifisch-schaustellungsbetrieb.

Die neuen Eigentümer ließen die Mehrzweckhalle aufwendig modernisieren, bauten ein Selbstbedienungsrestaurant, einen Wellnessbereich und eine Diskothek an. Der Publikumszuspruch verzeichnete zweistellige Wachstumsraten, das Geschäft brummte. Aus einem Bruchteil des Erlöses wurden Paaren einjährige Urlaube an Traumdestinationen finanziert, um die Kinderzeugung zu fördern, damit der Haifisch immer genug Säuglinge bekam. Es darf von einer rundum gelungenen Privatisierung gesprochen werden.

Über die Jahre wurde der Haifisch so mit Säuglingen gemästet und immer dicker und tonnenschwer, dass er eines Tages plötzlich zu Boden klatschte und verendete. Eilig wurden Ersatzhaie gefangen und herbeigeschafft und an Seilen an der Mehrzweckhallendecke aufgehängt. Aber das Wunder geschah nicht wieder: Sobald man die Seile durchschnitt, klatschten die Haie alle zu Boden und verendeten.

Daraufhin verblassten der Glaube und bald sogar die Erinnerung an den Wunderhai rasch. Die Mehrzweckhalle verlotterte, das Geschäft schrieb tiefrote Zahlen. Schließlich verkaufte die Investorengruppe die Anlage an einen Squashturnierveranstalter, und die Menschen bekamen in der Folge Kinder, deren meiste das Säuglingsalter überlebten.

Wunder

Eine bestimmte Nonne im Kloster zu Paff wirkt Wunder, wenn man ihre Gegenwart sucht, während sie schläft: Kranke werden gesund, schwierige Entscheidungen klar, drängende Nöte behoben. Damit sie ungestört schlafen und wirken kann, liegt sie in einem abgesonderten Raum des Klosters und stets hinter zugezogenem Vorhang. Man sieht sie nicht, man hört sie nur: atmen, manchmal schnaufen, hin und wieder schnarchen oder hüsteln. In stillen langen Schlangen schreiten die Menschen jede Nacht vor ihrem den Blicken verdeckten Bett vorüber und hoffen auf ihr je eigenes Wunder.

Eines Jahres beklagte der Bischof in einem von allen Kanzeln verlesenen Hirtenbrief „schamlose Privilegierung", ja „obszönen Starkult", wie sie heutzutage in manchen Lebensbereichen grassierten, und ausdrücklich nehme er gerade seine eigene Organisation, die Kirche, nicht davon aus. Am folgenden Tag ordnete die Äbtin des Klosters geflissentlich an, um der „Reinheit der monastischen Prinzipien" und der „Demut im seelsorgerischen Wirken" willen das Bett der wunderwirkenden Nonne in den allgemeinen Schlafsaal, in dem die anderen dreiundzwanzig Nonnen schliefen, zu verlegen, nicht ohne diesen zuvor aufwendig renovieren zu lassen. Als alles bereit war, schnitt der Bischof persönlich in einem feierlichen Akt mit einer vergoldeten Schere den Vorhang herunter, der die schlafende Nonne verborgen hatte.

Weiter schritten die Menschen in stillen langen Schlangen vorüber an nunmehr vierundzwanzig Betten mit jetzt vierundzwanzig schlafenden Nonnen und hofften auf ihr je eigenes Wunder. Doch welche war die wunderwirkende Nonne? Kein Schild wies darauf hin, und niemand hatte sie je gesehen, da sie immer hinter dem Vorhang schlief. Die Menschen gingen andächtig und ehrfürchtig vor jedem Bett vorüber. Jede Nonne konnte die wunderwirkende sein! Oder waren es etwa alle vierundzwanzig? Man musste sich doch fragen: Wie konnte früher eine Nonne allein überhaupt so viele Wunder wirken, ohne dass die Strapazen an ihren Kräften gezehrt und ihre Gesundheit ruiniert hatten? Gewiss hatten die Nonnen einander abgewechselt: Einige Nächte lang schlief eine hinter dem Vorhang, bis sie so erschöpft war, dass eine andere sie ablösen musste. Ja, so musste es sein: Alle vierundzwanzig Nonnen waren wunderwirkend, während sie schliefen! Wunder über Wunder waren jetzt zu erwarten!

Der Andrang schwoll derart an, dass ein Eintrittsgeld erhoben und der Zutritt sogar kontingentiert werden musste.

Aber da völlig unbekannt war, welche Nonne, wenn überhaupt, für welche Wunder verantwortlich war, geschahen die Wunder ungerichtet, ziellos und kaum je zu Nutzen. Kranke erhielten Heiratsanträge, Einsame erbten Vermögen, Arme wurden von Krankheiten geheilt, an denen sie gar nicht litten, und eine Mutter fand einen verlorenen Sohn wieder, den sie nie vermisst hatte, während sie verzweifelt nach ihrer vor langem verlorenen Tochter suchte.

So bemerkten die meisten gar nicht, dass ein Wunder an ihnen getan worden war. Vielleicht war das alles einfach das normale Leben in seinem holprigen Verlauf. Rasch dünnte der Pilgerstrom wieder aus.

„Wir leben fürwahr in ungläubigen Zeiten!", wetterte der Bischof an einer eilig einberufenen Medienkonferenz. „Wir wollen nicht wahrhaben, wie unser ganzes Leben von vielfältigem Wundergeschehen durchwirkt ist!"

Und damit dies so bleibe, rief er zu großzügigen Spenden für die Dienerinnen des Herrn im Kloster auf.

Himmel

Eines Morgens, nachdem Frau Mo aus Quid ihren Briefkasten an der Gartentür geleert hatte, gewahrte sie, dass genau über ihrem Haus der Himmel zerrissen war. Erschüttert hielt sie inne, schaute in die Höhe, schnupperte, lauschte. Wehte oder strömte, strahlte oder tönte es durch das Loch herein? Kam die Befreiung? Erleuchtung? Erlösung? Der Riss wurde weiter, sie fühlte es, immer weiter. Wie gut!

Frau Mo stand da, wartend, hoffend, bangend, lange. Aber herein drang nichts Erfüllendes, Ergreifendes, Überwältigendes. Herein drang nichts! Gar nichts! Böses ahnend, eilte sie ins Haus zurück. Und wirklich: Die Wanduhr tickte, die Waschmaschine spulte ihr Programm ab, im Radio lief Unterhaltungsmusik – wie zuvor! wie sonst! wie immer! Wie konnte das denn sein?

Frau Mo schlang sich einen Schal um den Hals, warf sich einen Mantel über, drückte sich eine Kappe auf den Kopf und eilte aus dem Haus und die Straße hinunter.

„Kalt draußen?", erkundigte sich der Apotheker Herr Fi, als Frau Mo zur Tür hereinstürmte.

„Haben Sie noch Himmel?", hechelte sie. „Meiner ist zerrissen!"

„Schlimm?"

„Ja, furchtbar, ganz furchtbar – nichts ist geschehen! Nichts! Keine Rettung, kein Wunder, kein Götterfunke, einfach nichts!"

„Rein gar nichts? Jaja, sowas darf man nicht auf die leichte Schulter nehmen, da tun Sie gut dran." Herr Fi schaute prüfend. „Haben Sie denn ein Rezept? Himmel kriegt man eigentlich nur gegen Rezept."

„Später, Rezept krieg ich beim Arzt, bring's dann vorbei."

„Na gut – ausnahmsweise", sagte Herr Fi nach kurzem Zögern und verschwand in einen Hinterraum mit zahllosen Regalen.

„Viel Himmel ist nicht übrig", rief er hervor. „Drei mal vier Meter hätte ich noch, auch vier mal sechs. Größere Stücke müsste ich bestellen."

Vier mal sechs Meter reichten, und Frau Mo fühlte sich sogleich erleichtert, ja gefasst und besonnen, nachdem sie zu Hause das neue Stück Himmel aus der großen Plastiktüte herausgezerrt und mit den ausgerissenen Rändern des Himmels über ihrem Haus verquickt hatte. Die Wanduhr zeigte zwei Uhr, die Waschmaschine war fertig mit dem Programm, im Radio lief Operette. Wie gut!

Pferde

Zwei Pferde grasen auf einer Weide bei Gieck. Wann gesellt sich das dritte Pferd hinzu? Woher taucht es auf? Und wie? Hunderte Anwohner liegen bang hinter Büschen und Hecken auf der Lauer, sie beobachten unentwegt die Weide.

Ein drittes Pferd kommt immer irgendwann! Es sagt die Zukunft voraus. Ohne drittes Pferd keine Voraussage und ohne Voraussage keine Zukunft, durch die sich die Voraussage erfüllt. Eine Zukunft gibt es immer!

Es können Monate vergehen. Je länger es dauert, bis das dritte Pferd kommt, desto besser. Denn sollte sein Erscheinen etwa den Weltuntergang voraussagen, würde es länger dauern, bis dieser eintritt.

Manchmal springt das dritte Pferd aus dem Wald, oder es kommt die Straße entlanggelaufen. Selbst vom Himmel hoch kann es fallen oder der Erde tief entsteigen. Nicht selten wird es sogar neu geboren, auf der Weide, vor den Augen der harrenden Beobachter. Aussagekräftig ist auch die Farbe seines Fells; allerdings besteht in deren Deutung kein Konsens.

Gezielte Zuführung eines dritten Pferdes auf einem bestimmten Weg oder mit bestimmten Eigenschaften zwecks Beeinflussung der Zukunft werden streng verfolgt und geahndet. Hinter weiter entfernten Büschen und Hecken, jenseits derer keine Welt mehr ist, wachen unerbittliche Hüter über die Unvorhersehbarkeit des Geschehens und unterbinden jegliche Manipulation. Die Voraussage muss rein bleiben, damit sie sich erfülle, denn andernfalls – würde ja alles einfach so geschehen, ohne dass eine Voraussage wahr würde! Und wenn nichts wahr wird: Ist das nicht Lug?

Schachtel

In Schäck erhält jeder Mensch bei seiner Geburt eine Schachtel. In der Schachtel sind die Zahlen aufbewahrt. Sie ist verschlossen, aber schön. Die Versuchung, sie zu öffnen, ist darum groß. Wie lange widersteht man ihr? Sobald die Schachtel geöffnet ist, zählt man die Zahlen darin und zählt und zählt und zählt bis zum Tod. Der Zahlen sind unendlich viele. Das Zählen ist eine Lebensaufgabe. Darum nennt man die Schachtel auch Lebensschachtel.

Nur ganz wenige glückliche Menschen widerstehen der Versuchung, ihre Schachtel zu öffnen.

Früher wusste keiner vom Anderen, was er tut, nachdem er die Schachtel geöffnet hatte. Aus Scham sprach man nicht darüber. Erfuhren es doch mehrere Menschen voneinander, veranstalteten sie einen Wettbewerb, wer am weitesten kam mit Zählen, ohne zu sterben. Wer gewann, lebte!

In neuerer Zeit sind solche Wettbewerbe alltäglich und allgegenwärtig geworden. Jeder will gewinnen, aber nur einer lebt, und dann stirbt auch er.

Zeit

Zeit vergeht.

Aber in Läx weiß man, dass die Zeit sich trommeln lässt. Die Trommel setzt ihr Tempo fest. Durch Trommeln wird sie gebändigt. Dem Trommelschlag gehorcht sie.

Das alles weiß man in Läx.

Aber wer darf die Zeit trommeln? Es gibt einen Wettbewerb, den gewinnt der langsamste Trommler. Denn der langsamste Trommler gewährleistet, dass die Zeit nur langsam vergeht und das Leben der Menschen viel länger dauert. Die Menschen in Läx leben gern.

Der langsamste Trommler schlägt während seines Lebens nur ein einziges Mal auf seine Trommel. Der langsamste Trommler ist derjenige, der alle anderen überlebt, ohne einen zweiten Trommelschlag auszuführen. Er gewinnt den Wettbewerb, weil er der letzte Überlebende ist. Der Wettbewerb dauert das ganze Leben, und ganz am Ende verliert auch der Sieger, weil auch er stirbt.

In Läx leben keine Leute mehr.

Alt

Worauf es zurückzuführen sei, dass hier so viele Menschen ein extrem hohes Alter erreichen, fragte ich einen extrem alten Mann, als ich nach Sühr kam, damals.

Der extrem alte Mann wollte etwas antworten, aber als er den Mund aufmachte, packte ihn ein so heftiger Hustenanfall, dass er zu Boden sank und verröchelte.

Ich ging weiter und fragte eine extrem alte Frau, die auf einem Sessel unter ihrer Haustür saß. Sie schluckte mehrmals, bevor sie zu antworten vermochte, erbrach sich und sackte tot zusammen.

Ich fragte noch mehrere andere extrem alte Leute, aber einer stolperte und brach sich das Genick, ein anderer fiel in einen Brunnen und ertrank, ein weiterer schnitt sich an einem Türglas und verblutete, und noch viele fragte ich, aber alle verschieden, bevor sie antworten konnten.

Mir blieb nichts Anderes übrig, als in Sühr wohnen zu bleiben, bis ich selbst ein extrem hohes Alter erreichte.

Mittlerweile bin ich alt genug. Aber nun getraue ich mich nicht, mir die Frage selbst zu stellen — würde auch ich sterben und wie und woran, sobald ich eine Antwort zu geben versuchte?

Bäume

Die Kuckucksbaumkrankheit verlief bis weit in die zweite Hälfte des vergangenen Jahrhunderts stets tödlich. Bei den Erkrankten bildeten sich grüne Flecken auf der Haut, die Fotosynthese kam in Gang und ließ das Gewebe zuerst anschwellen, dann aufplatzen. Grüne faserige Auswüchse sprossen in die Höhe, andere, weißliche zu Boden. Rasch wurden sie dicker und kräftiger, versteiften und verholzten. Der Tod erfolgte in der Regel, sobald die Last der Auswüchse – im Fachjargon Äste genannt – zu schwer wurde und die Befallenen darnieder sanken, so dass die nach unten sprossenden Auswüchse – die sogenannten Wurzeln – sich aufgrund der erzwungenen Bewegungslosigkeit der Erkrankten im Boden festkrallen und tief ins Erdreich hineinbohren konnten. Wenn sie nicht vorher starben, verhungerten und verdursteten sie lebendigen Leibes.

Der Tod eines Erkrankten bedeutete auch den Tod des Kuckucksbaumes. Wurzelhaare vertrockneten, Blätter wurden dürr, Äste brachen ab, schließlich verging alles in Moder und Verwesung. Üblich war allerdings, das Ast- und Wurzelwerk gleich nach dem Tod des Erkrankten abzusägen, um ihn ordnungsgemäß zu beerdigen.

In früheren Zeiten stutzten Barbiere den Kranken Äste und Wurzeln schon zu Lebzeiten in der Hoffnung, ihnen würde dadurch das Leben

90

verlängert. Dies war aber kontraproduktiv, wie neuere medizinische Forschungen ergaben: Die beschnittenen Stellen verholzten nämlich rasch, so dass die Sprosse des Baums an neuen Stellen hervortrieben. Nach mehrmaligem Beschnitt waren alle leicht zu durchtreibenden Gewebe wie Muskeln und Fettpolster so stark verholzt, dass die Betroffenen einerseits in ihrer Bewegungsfähigkeit bis zur Lebensgefährdung eingeschränkt wurden, andererseits der Baum sich neue Stellen für den Austrieb suchen musste und dabei wichtige Organe wie Herz, Lunge oder Hirn durchbohren konnte. Nach den besagten Forschungen lebten unbeschnittene Erkrankte im Durchschnitt um etwa zehn Jahre länger als beschnittene.

Auch harntreibende und ausscheidungsfördernde Diäten, Vermeidung von Sonnenlicht, Aufenthalt in baumlosen Gegenden oder Gehen auf Stelzen wurden von Quacksalbern als unfehlbare Heilmittel angepriesen. Deren Wirksamkeit konnte von der modernen Medizin allerdings nicht nachgewiesen werden. Erfolg versprachen nur die Erforschung und Kontrolle der Übertragungswege.

Übertragen wurde die Krankheit auf zwei Wegen: einerseits durch den Genuss der wohlschmeckenden, äußerst nahrhaften Frucht, deren winzige Kerne sich in der Darmschleimhaut festsetzten; andererseits durch den Genuss von Schweinefleisch, weil Schweine als einzige bekannte und zum menschlichen Verzehr geeignete Tierart ebenfalls von der Krankheit befallen werden konnten, während andere Tierarten dagegen immun schienen.

Just als die moderne Medizin Mittel und Wege zu finden begann, die Krankheit endlich wirksam eindämmen und eines nicht allzu fernen Tages gar ausrotten zu können, sorgte Professor Gech von der Universität Uck mit seinen Untersuchungen zur Langlebigkeit der Kuckucksbäume für großes Aufsehen. Seine kecke These lautete: Kuckucksbäume, als den Eichen verwandte Buchengewächse, hatten im Prinzip, wenn man die Sterblichkeit des Wirtsmenschen außer Acht ließ, das Potenzial, ein hohes Alter, womöglich bis zu mehreren hundert Jahren, zu erreichen. Warum sollten nicht auch von der Krankheit befallene Menschen, bei geeigneter Betreuung, so alt werden können? Lag hier vielleicht eine Chance zu spektakulärer Langlebigkeit? Wer würde denn nicht gern 300, 400 oder gar 500 Jahre lang leben?

Überzeugt von seiner Idee, sich damit aber zugleich aus der Einmütigkeit der Fachwelt hinauskatapultierend, gründete Professor Gech mit seinem Team ein Startup-Unternehmen. Als Erstes ließ er größere Landflächen für die künftigen Kuckucksbaumpflanzungen aufkaufen. In seinen Labors erforschten Mitarbeiter die Eigenschaften und Nährwerte der Blätter, Säfte und Früchte des Baums. Andere entwickelten bis zur Patentreife technisches Gerät für die Bewältigung der speziellen Lebensumstände der künftigen Kunden, welche in

92

Businessplänen und Anlageprospekten stets ‚Lebensgäste' genannt wurden.

Nach vier Jahren Entwicklungsarbeit war es soweit: Die ersten viertausend Lebensgäste konnten kommen! Vom ersten Augenblick an wurden sie an eine Ernährung mit Kuckucksbaumfrüchten gewöhnt, im Gebrauch der patentierten speziellen Utensilien zum Pflücken derselben unterwiesen und mit ihrem künftigen Stand- und Wuchsort vertraut gemacht. Nach etwa sechs Monaten begann der Einwuchs: Jeder Lebensgast wurde an seinen Wuchsort geleitet, an den Füßen behutsam in die gelockerte Erde eingegraben und regelmäßig mit wohlriechendem, mineralien- und vitaminreichem Wasser begossen. Dank der lückenlosen Hege und Pflege wuchs er binnen weniger Tage ein. Während der Monate, in denen er bereits eingewachsen und nicht mehr fortbewegungsfähig war, aber noch nicht genügend Früchte für seine Selbsternährung an seinen Ästen wuchsen, wurde er von Mitarbeitern des Unternehmens versorgt.

Schon nach wenigen Jahren führte Professor Gech Interessenten, Investoren und neidische Kollegen stolz durch den weiten, im Widerhall vergnügter Gespräche vibrierenden Wald mit den kräftigen jungen Kuckucksbäumen und die Beschaulichkeit ihres Daseins genießenden Lebensgästen.

Finger

Sobald in Oll, Omm und anderswo der erste Schnee auf die Finger fällt, werden sie unseren Blicken entzogen und lassen sich nicht mehr voneinander scheiden. Die Finger einer Hand, beider Hände, meiner, deiner, unserer, ihrer Hände: die eine und selbe Fingermasse. Dutzende, Hunderte, Tausende Finger, nein Millionen: aneinander gedrückt, sich wärmend, vermengt und verschmelzend. Der Schnee über unserer ungeheuren Fingermasse hebt und senkt und wellt sich fast unmerklich, während sie langsam, in einer einzigen gleichförmigen Bewegung, ihre zahllosen Glieder krümmt und mit den Fingernägeln die gefrorene Krume aufschürft. Gräbt sie etwas aus? Verscharrt sie etwas? Verwischt sie Spuren?

Im Frühling, wenn der Schnee wegschmilzt, rücken die Finger wieder voneinander ab. Aber niemand weiß dann mehr: Sind dies an meiner Hand meine Finger oder die eines anderen? Und steckt in dem, was sie machen, meine Absicht und Entscheidung, oder vollziehen sie bloß das Gesetz des einen, gleichen, großen Fingrigen von Oll, Omm oder anderswo?

Verschwinden

In Mau, hatte ich gelesen, könne man hervorragend verschwinden. Da ich bisher noch nie verschwunden war, wollte ich diese sicher bereichernde Erfahrung auch einmal kosten. Umgehend buchte ich die Reise.

Ich hatte mir die Stadt mit ihren im Verschwinden geübten Bewohnern menschenleer vorgestellt. Nur die makellosen Produkte und Ergebnisse ihres Sachverstands, ihrer Zuständigkeit und ihrer Pflichterfüllung würden von ihnen zeugen, dachte ich. Waren, die sich in Lagerhallen stapeln, über Transportwege strömen, in Schaufenstern glänzen – solches hatte ich erwartet, während ihre verschwundenen Urheber, Hersteller und Vertreiber längst mit neuen Aufgaben befasst, zu neuen Zielen aufgebrochen und in neue Zeiten fortgeschritten wären.

Stattdessen war die Stadt erfüllt von Lärm, Gestank und Schmutz. Durch die Straßen wälzte sich Stoßverkehr, auf den Gehsteigen drängten Menschenmassen, über den Dächern dröhnten Helikopter. Abgase vernebelten die Luft, in den Gossen stauten sich rötliche Rinnsale, der Asphalt war mit Unrat übersät. Die Gebäudefassaden überzog eine schmutzig graue Kruste, eine bräunliche Glocke überwölbte das Häusermeer, Grünzeug wuchs nirgends.

Verständlich, dass die Leute von hier verschwinden wollten. Aber warum sah man dann so viele? Konnten sie sich das Verschwinden etwa nicht leisten? War das nur etwas für Privilegierte und Begüterte?

Ich betrat die Touristeninformation und fragte.

„Neinnein", sagte ein unrasierter Beamter und zog sich an der Hose. „Sehen Sie, das Verschwinden ist ein intimer, beinah schamvoller Akt. Man lässt sich dabei nicht beobachten. Schaute jemand zu, würde er sehen, wohin der Betreffende verschwindet. Kunde darüber würde sich verbreiten, manche würden ihm folgen. Das Verschwinden wäre kein Geheimnis mehr. Nur wenn das Verschwinden im Verborgenen erfolgt, ist es vollkommenes Verschwinden. Das Verschwinden selbst muss verschwinden und verschwunden bleiben. Darum merkt man den meisten Menschen gar nicht an, dass sie verschwunden sind. Raten Sie doch mal: Bin ich ein Verschwundener oder nicht?", lachte er und bleckte seine gelblichen Zähne.

Tee

Zwischen zwei Terminen saß der Handlungsreisende Och in einem Café in Wah und tauchte den Teebeutel in das heiße Wasser der Tasse. Nachdem er eine Weile durch das Fenster hinaus und den vorüberbrummenden Autos hinterher gesehen hatte, stellte er verblüfft fest, dass sich das Wasser seines Tees noch nicht braun gefärbt hatte, sondern klar und durchsichtig geblieben war: reines heißes Wasser. Erst recht verdutzte ihn, dass der Teebeutel verschwunden war. Er blickte sich um. Ein paar Leute saßen meist einzeln an Tischen und nippten an Kaffeetassen, einer sogar an einem bauchigen Cognacglas, aber nicht einmal dieser machte auf Och den Eindruck, als hätte er die Gelegenheit ausgenützt, als Och aus dem Fenster schaute, um ihm den Teebeutel zu entwenden.

Mit leichtem Kopfschütteln rief Och die Kellnerin und verlangte einen zusätzlichen Teebeutel.

Dieses Mal beobachtete er genau: Er öffnete die Papierhülle, bedrückte den Teebeutel auf Inhalt, führte den Beutel behutsam ins Wasser ein, hängte das Etikett am Ende des Fadens über den Rand der Tasse – und schaute. Das Wasser in der Tasse färbte sich nicht. Gewiss musste man den Beutel im Wasser etwas schwenken, damit er seine Inhaltsstoffe abgab. Aber das Etikett war über den Tassenrand ins

Wasser gerutscht. Ungeduldig rührte Och mit dem Löffel in der Tasse, aber das Wasser färbte sich immer noch nicht. Er tastete mit dem Löffel – wo war denn der Teebeutel? Er beugte sich über die Tasse: Das Wasser war klar und durchsichtig, vom Teebeutel keine Spur.

Wieder rief Och nach der Kellnerin.

„Die Beutel sind defekt!", sagte er. „Das Wasser ist nur noch lauwarm!"

„Da muss ich Ihnen aber zwei Tee berechnen", gab die Kellnerin zurück. Sie nahm die Tasse mit und brachte ihm kurz darauf eine neue Tasse mit neuem heißem Wasser und einem neuen Beutel einer anderen Teesorte.

Das Etikett des neuen Teebeutels behielt Och in seinen Fingern, als er den Beutel ins dampfende Wasser hängte. Er schwenkte ihn ein wenig, dann spürte er ein leichtes Ziehen. Der Faden des Teebeutels war angespannt, das von Ochs Fingern festgehaltene Etikett näherte sich der Wasseroberfläche, tauchte ins Wasser ein, aber Och ließ nicht los, er wunderte sich nur, dass seine Finger sich nicht im heißen Wasser verbrühten, auch seine Hand schien unempflindlich zu sein, das machte es ihm leichter, sich am Etikett festzuhalten, dieser Seltsamkeit musste er auf den Grund gehen, auch der Arm, sein kraftvoller, muskelgespannter Arm schmerzte nicht, loslassen war definitiv keine Option.

Vor der Polizei sagte die Kellnerin später aus, auf dem Tisch habe die Tasse mit noch warmem Wasser gestanden, aber ohne Teebeutel, und hier brach sie in Schluchzen aus, den Teebeutel habe ganz bestimmt nicht sie veruntreut. Der Herr, der sei plötzlich verschwunden gewesen, der sei schuld, der habe den Teebeutel mitgenommen, ohne zu bezahlen.

„Keine Sorge", sagte der Polizist, „uns interessiert nicht das Verschwinden des Teebeutels, sondern bloß das des Mannes."

Vorhang

Am vergangenen Montag wurde in Unn ein Mann nach schätzungsweise 42 Jahren aus einem Vorhang befreit.

Als Kind habe der Mann, nach den Worten seiner jüngeren Schwester „krankhaft spielfreudig" und „tagein tagaus voller Flausen", sehr oft den Unwillen seiner Eltern auf sich gezogen. Aus Angst vor Haue habe er sich jeweils hinter einem Vorhang versteckt. Dort fühlte er sich sicher und konnte in Ruhe seine Streiche aushecken und ruchlose Pläne schmieden. Auch die Eltern waren froh, wenn sie vor dem Wildfang Ruhe hatten und sich ungestört dem Rauchen, Biertrinken und Fernsehen widmen konnten. Besonders ein Vorhang hatte es dem Jungen angetan: der am linken Wohnzimmerfenster. Dieser reichte bis zum Boden und hatte viele spannende Faltenwürfe, die sich um den Körper des Jungen wellten, so dass man ihn nicht mehr sah. Nicht mehr nachzuvollziehen ist, ob der Junge mit der Zeit aus seiner Geborgenheit hinter dem Vorhang nicht mehr hervorkriechen wollte oder ob er sich in den Wellungen verloren hatte und nicht mehr herausfand. Den Eltern, vielbeschäftigt, wie sie waren, fiel es nicht weiter auf, dass der Sohn nun in seinen Vorhang gehüllt am Esstisch saß. „Proper bist!", soll der Vater mehr als einmal gesagt haben, die Mutter mag dazu mit dem Kopf genickt haben. Auch in der

Schule gewöhnte man sich rasch an seinen Anblick; wohlerzogene Kinder in adretter Kleidung sah man gern. Die Schule und eine Banklehre schloss der Mann tadellos ab. In den letzten Jahren hatte er in der Filiale einer Sparkasse gearbeitet, für seine Zuverlässigkeit von Kunden, Kollegen und Vorgesetzten geschätzt.

Irgendwann nach dem Tod des Vaters ersetzte die Mutter die Vorhänge im Wohnzimmer. Nachdem auch die Mutter vor einigen Monaten gestorben war, fand die Schwester beim Räumen auf dem Dachboden den alten Vorhang vom rechten Wohnzimmerfenster, der gleich aussah wie der Vorhang vom linken Fenster. Die Schwester erschrak zutiefst, verwechselte sie doch im ersten Moment den auf den Boden hingeworfenen Vorhang mit ihrem Bruder und dachte, er liege tot vor ihr. So kam alles ans Licht.

Wasser

Am späteren Nachmittag stürzte bei Pix ein Mann in den Fluss und ertrank. Zeugen berichten, dass er zuvor stundenlang auf einem Klappstuhl am Ufer gesessen sei und ins Wasser gestarrt habe.

„Auf den Knien hatte er eine Computertastatur", sagte eine Frau. „Da drückte er immer wieder auf den Tasten herum."

„Das Kabel von der Tastatur hing ins Wasser hinein", fügte ein Mann hinzu.

„Ja, und dann schaute der jedesmal, wenn er wieder etwas eingetippt hatte, krampfhaft auf die Wasserfläche – dabei sah der Wasserspiegel immer gleich aus!"

„Ist sehr ruhig dort, das Wasser, nur wenig Strömung, tief und ganz klar."

„Ich fragte noch", mischte sich ein Dritter ein, „was arbeiten Sie denn da? Und wissen Sie, was der geantwortet hat? An mir selber, hat er gemurmelt. An mir selber! Muss man sich mal vorstellen! Und dann hat er wieder Enter gedrückt und aufs Wasser geschaut."

„Hat einen kaum beachtet."

„Der war so verbissen."

„Ich bin dann weitergegangen, man hat ja noch Anderes zu tun."

Den Sturz selbst hat niemand beobachtet. Ob der Mann aus Übermüdung vornüber ins Wasser gekippt ist oder ob er sich in einer jähen Entladung aufgestauter Wut und Verzweiflung über die unbewegte Wasseroberfläche selbst hineingestürzt hat, wird sich wohl nie mehr eruieren lassen.

Ball

Vielleicht war es schon spät gewesen und ein Vater hatte schon mehrmals ungeduldig vom Beckenrand gerufen, bis ein Kind sich endlich aus dem Wasser bequemte, und rasch zerrte der Vater das Kind weg in die Garderobe und dann nach Hause zum Abendbrot und eigentlich ist das ja völlig egal.

Hauptsache, ein rooter Wasserball blieb an irgendeinem Abend zurück. Vergessen im Schwimmbecken treibend.

Am nächsten Morgen starrte der Bademeister auf das Wasser. Ein Ball – der Ball – schaukelte in den sanften Wellen. Leichte Winde trugen ihn hierhin und dorthin und zurück und weiter und herum. Er drehte sich um sich selbst, so mählich, so sachte, so ruhig.

Der Bademeister staunte auf den im Wasser treibenden Ball, seine Augen hafteten an ihm, sein Blick füllte sich, mit seinem Root, seinem Rund, seinem Wiegen im Wasser, und als die ersten Frühschwimmer sich anschickten, ins Wasser zu steigen, zischte er sie zurück und deutete auf ihn.

Den rooten Ball.

Badegäste, immer mehr Badegäste setzten sich um das Schwimmbecken und betrachteten den Ball und versenkten sich in sein bedächtiges Leben. Niemand sprach. Es gab keine Worte. War das Glück?

Stühle wurden herbeigetragen. Reihen bildeten sich. Eine Tribüne wurde aufgestellt. Abends gingen Scheinwerfer an. Auch nachts saßen Menschen und schauten und versanken und schwiegen und fühlten sich frei und in Frieden mit allem.

Einmal kamen Fremde, sie wollten womöglich baden oder hatten sonst etwas vor. Als einer Anstalten machte, den Ball aus dem Wasser zu fischen, stieß ein Meditant ihn geistesgegenwärtig zur Seite und machte ihn unschädlich, bevor er alles kaputt machte.

Sonnenstrahlen stechen herunter und lassen die roote Farbe des Balls verbleichen. Regen trommelt auf die Plastikhaut und peitscht den Ball umher. Eis überzieht das Wasserbecken, der Ball liegt reglos obenauf. Aber Menschen sitzen da, stets sitzen Menschen da, sie schauen und wachen und huldigen ihm.

Dem rooten Ball.

Vielleicht fällt eines Tages ein spitzes Hagelkorn vom Himmel oder ein Vogel pickt mit seinem Schnabel oder der Plastik wird mürbe und leck oder sonstwarum liegt der Ball eines Tages ohne Luft und zerknautscht im Wasser. Vielleicht wird schnell ein neuer Ball – ein blaauer? ein grüüner? ein geelber? – ins Wasser geworfen. Oder die Leute meditieren ohne Ball weiter.

Aber eigentlich ist das ja völlig egal, hier, in Eesch.

Fenster

Nacht für Nacht leuchtet im dritten Stock eines Wohnblocks in Päch ein Fenster. Alle Nacht leuchtet es und verströmt sein sanftes, gnädiges Gelb, während aus dem Hintergrund bläulich-weißer Widerschein eines Bildschirms flackert, Blitzen eines göttlichen Auges.

Nacht für Nacht sammeln sich Menschen auf der Straße unter dem leuchtenden Fenster. Sein treues Licht spendet Trost und Kraft in der Finsternis. Es beruhigt die Schlaflosen, labt die Beladenen, wärmt die Verlassenen, stärkt die Geschwächten, ermuntert die Bekümmerten. Sie kommen von weit her, Nacht für Nacht, stehen schweigend vor dem Haus, schauen andächtig hinauf zum Lichte. Ihre Lippen bewegen sich, als sprächen sie Gebete. Manche falten die Hände. Zueinander gesprochen wird kaum. Ein kurzer Blick, ein knappes Kopfnicken, und schon schauen auch Neuankömmlinge hinauf zum ewigen Licht und sind nicht mehr zu unterscheiden. Nacht für Nacht werden Unzählige erhellt und erquickt, ermutigt und gekräftigt. Manche schon nach kurzer Zeit; viele aber harren stundenlang unter dem Fenster, bevor sie zurück in die Dunkelheit tauchen, grußlos, kaum mit einem flüchtigen, in den Abgang verschmolzenen Blick.

Eines Abends bleibt das Fenster dunkel. Die Blicke hinauf verlieren sich, werden finster, stumpf und leer. Man beginnt zu murren. Man flucht, man schimpft. Geschrei, Gezeter. Was für ein Radau! Lichter gehen an, Fenster öffnen sich, verschlafene Gesichter tauchen auf, im ersten Stock, im zweiten, auch im vierten, im fünften.

Nicht aber im dritten.

„Götzen! Falsche Propheten!", brüllt unten die Menge und wirft Steine gegen die erleuchteten Fenster. Glas klirrt, jemand schreit. Weitere Fenster werden hell, in den Nachbarshäusern, gegenüber. Brandsätze fliegen wider die frevlerischen Lichter. Weiter vorn und auch dort hinten, aus Wohnungen quillt Rauch, schlagen Flammen, selbst in anderen Straßen, parallel und quer, stürzen Leute keuchend und hustend aus den Türen, sind die Gehsteige übersät, verwüstet.

Endlich Sirenen, Polizei, Krankenwagen, Feuerwehr, aber da hat die Meute sich schon zerstreut.

Auch in der ganzen darauffolgenden Nacht geht im dritten Stock des Wohnblocks in Päch das Licht nicht an. Die Polizei patrouilliert, aber alles bleibt ruhig. Das Fenster, erstorben ist es, auch die weiteren Nächte. Nie wieder leuchtet es, nachts. Alles ist nun finster, tot und gottlos.

Fisch

In Zaal ist Fischen im See verboten. Nur das Fischen des Gottesfisches ist erlaubt und sogar erwünscht.

Laut alten Chroniken ist der Gottesfisch goldfarbig, hat ins Rötliche übergehende Flossen und blau geränderte Augen. Er soll sehr schmackhaft sein. Aber niemand hat je einen gefangen, geschweige denn verspiesen, ja nicht einmal zu Gesicht bekommen.

Im Eifer, die ersten zu werden, die einen Gottesfisch fangen, betätigen sich die meisten Bewohner von Zaal als Fischer. Tagaus tagein angeln sie am Ufer des Sees oder fahren mit Booten hinaus. Doch statt des ersehnten Gottesfisches gehen ihnen bloß Unmengen anderer, verbotener Fische ins Netz. Das Fischen verbotener Fische ist zwar ein Vergehen, doch lässt es sich nicht vermeiden, wenn man ernsthaft nach dem Fang eines Gottesfisches strebt. Da diese Fische somit nur umständehalber, als Folge einer strebsamen Bemühung, mitgefangen werden, wird ihr Fang, Besitz und Verkauf nicht bestraft – auch aus Rücksicht darauf, dass die Enttäuschung, schon wieder keinen Gottesfisch gefangen zu haben, bereits Strafe genug ist.

Zaal ist deshalb weiterum als Fischereizentrum bekannt und für seine Fischkonserven, Fischrestaurants und Fischküche berühmt. Den Einheimischen bedeutet dies aber nur wenig. Liebend gern würden sie darauf und überhaupt auf alles verzichten, gelänge es ihnen, auch nur einen einzigen Gottesfisch zu fangen.

Gelb

Tag für Tag strömen Scharen aus dem Landesinnern nach Zück ans Meeresufer, um auf ankommende Schiffe zu warten. Sie starren stundenlang hinaus. Wasser weit, glatt, gewellt oder aufgeraut, bläulich, grünlich oder grau, Sturm, Brausen, Gischt – gleichgültig, ja freudlos ihr Blick. Sonne, Himmel, warm und blau und hell – verschlossen, ja verstockt ihre Miene. Sie stehen da, unbewegt, und blicken. Feldstecher benutzen sie keine; was sie suchen, ist mit bloßem Auge zu erkennen. Ihre große, tiefe Erwartung lässt keine Gebärden und Worte zu, damit sie sich nicht vorzeitig verausgaben. Nur die geballte Faust lässt auf Anspannung schließen, gar Ungeduld.

Zuweilen nähern sich Küstenbewohner, leutselig und mit der unverwüstlichen Zuversicht derer, die wissen, dass nach der Ebbe immer die Flut kommt. Körbe voller Brötchen, Obst und Tranksame führen sie mit, rufen sie aus, halten sie den Harrenden unter die Nase. Bei Hitze bieten sie Wasserflaschen und Schweißtücher an, bei schlechtem Wetter Regenschirme. Doch mit diesen mürrischen, trockenen Menschen sind kaum Geschäfte zu machen. Körperliche Bedürfnisse stehen zurück, Sprechen ist unnötig: Nichts darf vom Harren ablenken, nichts die gemeinsame Reglosigkeit stören.

Irgendwann schreit einer, deutet mit dem Arm aufs Meer. Ein Ruck geht durch die Reihen, die

Mienen erblühen, bestätigende Rufe ertönen. Am Horizont ist ein Schiff aufgetaucht – endlich! Minuten, lange Minuten – wie langsam das Schiff sich unter den Horizont schiebt! Immer noch – wie fern es gleitet! Fast unbewegt – kommt es überhaupt näher?

Als das Schiff, einen Fingerbreit unter dem Horizont, gelb aufleuchtet, fallen die Menschen einander in die Arme. Bald werden alle Sünden verziehen, alle Wünsche erfüllt, alle Sehnsüchte befriedigt, alle Nöte gelindert! Alles wird gut! Das Heil ist nahe!

Jedes ankommende Schiff erstrahlt gelb. Nicht bloß seine Fenster, die von künstlichem Licht erleuchtet werden. Nein, das Schiff als Ganzes glüht – es glüht vor Verheißung, Erweckung, Erfüllung!

Während die Menschen vom Ufer aus voller Zuversicht auf das Schiff schauen, merken die Passagiere von einer Phase gelben Leuchtens nichts. Fragt man sie im Nachhinein, zucken sie mit den Schultern und glauben sich zu erinnern, dass sie sehr glücklich waren – irgendwann, vielleicht. Aber weder erinnern sich alle, noch waren alle glücklich.

Sobald das Schiff näher gleitet und man schon winkende Figuren an der Reling unterscheidet, erlischt das strahlende gelbe Leuchten. Es wird wieder zu einem ganz normalen Schiff, das am Ufer anlegt. Landungstreppen werden ausgefahren. Die Passagiere quellen heraus, beladen mit Taschen und Rucksäcken. Manche tragen Sonnenbrille, Sonnenhut, Fotoapparat. Kinder zanken, Mütter keifen, Väter zürnen. Ein normaler Landgang wie stets.

Die Menschen aus dem Landesinnern wenden sich ab, zwar ernüchtert von der enttäuschten Erwartung, aber noch steht ein Abglanz der erfahrenen Verheißung in ihren Antlitzen. Sie wissen, auch am nächsten Tag kommen Schiffe; jeden Tag kommen Schiffe; und einmal, einmal wird das gelbe Licht nicht ersterben und werden sie seines Leuchtens teilhaftig und mit ihm verschmelzen. Die Verheißung endet nicht. Sie endet erst, wenn sie dereinst erfüllt werden wird, am Tag des Heils.

2

Meer

Unsere Stadt lag in einer fruchtbaren Senke, kreisförmig ausgebreitet um einen Hügel, auf dem ein Turm sich erhob.

Der Turm war das Wahrzeichen: Seit Menschengedenken in den Himmel stechend, überragte er einstmals die Kirche und selbst den obeliskenhaften Schornstein der Fabrik um ein Vielfaches. Er war so hoch, dass auf seiner abgestumpften Spitze nicht einmal Störche nisteten.

Besonders schön war er nicht. Kreisrund, aus groben, aufeinandergeschichteten grauen Quadern, türlos und, bis auf einige unregelmäßige Öffnungen ganz zuoberst, fensterlos, glich er einem urtümlichen Leuchtturm ohne Meer.

Sein Alter schätzten die Wissenschaftler auf 3000 bis 3300 Jahre: Er war das bei weitem älteste Bauwerk. Über seinen ursprünglichen Zweck schwiegen sich selbst die ältesten erhaltenen Schriften aus dem 9. Jahrhundert aus. Erst in jüngerer Zeit konnte die Wissenschaft etwas Licht in dieses Dunkel bringen, mit weitreichenden Folgen, wie noch zu berichten sein wird.

Natürlich hatten das verschlossene Äußere des Turmes und die Öffnungen im obersten Teil die Fantasie früherer Generationen angeregt. Alte Geschichten erzählten von Schwärmen fleischfressender Tauben, die in Vollmondnächten aus dem Turminneren ausbrachen, auf die Stadt niederstürzten und über unschuldig in ihren Betten schlafende Kinder herfielen.

In solche Bilder goss die naive Volksseele die Ehrfurcht, die sie beim Anblick des auf seinem Hügel aller Verheerungen spottenden Turmes befiel. Ihn trug unsere Stadt denn auch, seit Alters her, im Wappen: ein stilisierter gelber Hügel, darauf der Turm, rot vor tiefblauem Hintergrund.

Dass der Hintergrund tiefblau war und nicht sattgrün wie die umliegenden Felder und Wälder, hatte seinen Grund in der leidvollen Geschichte unserer Stadt. Für uns war Blau eine bedrohliche Farbe. Blau ist das Meer.

Die Geschicke unserer Stadt bestimmte in hohem Maße das von dunkler, unfassbarer Bewegtheit erfüllte Meer.

Das Meer konnte man damals von bloßem Auge nicht sehen. Bis vor kurzem wussten wir nur, dass es irgendwo jenseits unseres Gesichtskreises lauerte und periodisch heranbrach, unsere Stadt zu verheeren. Es musste sich auf ständiger Wanderschaft befinden, denn es konnte von jeder Seite heranfluten: Alte Chroniken sprachen von einem Rinnsal, das über das ferne Gebirge herüberfloss und immer größer und reißender wurde; anderenorts ist die Rede von einem breitflächigen, immer näheren Ansteigen gischtigen Wassers auf den Feldern und in den Gärten; vereinzelt ist es anscheinend gar senkrecht vom Himmel gestürzt oder brodelnd der Erde entstiegen.

War es da, warf es sich in wütenden Wellen hin und her, riss Ernten und Häuser aus dem Boden und zerschlug sie schäumend. Nichts widerstand ihm, alles wurde zerstört. Nur den Turm auf dem Hügel erreichten die Wassermassen nie. Seinem Schutz, am Fuße zusammengedrängt, verdankten viele ihr nacktes Leben.

Die Verheerung dauerte einige Tage, dann zog das Meer wieder ab, manchmal flussartig wegströmend, manchmal in Trichtern und Wirbeln versiegend. In welche Richtung es verschwinden würde, war nie vorherzusehen.

Zurück blieben Schlick und Überreste von seltsamem Getier, die mühselig abzutragen und zu beseitigen waren, bevor der Neuaufbau beginnen konnte.

Wie man aus verschiedenen alten Chroniken und Schriftstücken erschloss, hatte das Unglück unsere Stadt etwa alle zwölf Jahre heimgesucht.

Dem Charakter der Bürger hatte sich dies sehr stark aufgeprägt. Wir waren seit je ein verzagtes Volk, das sich auf die einfachsten Seiten des Lebens beschränkte und von der Sinnlosigkeit jeglichen Ehrgeizes überzeugt war. Demgemäß atmeten auch unsere Gesetze den Geist der Vorsicht und der Selbstbeschränkung.

Die Häuser waren alle einfach und an den Boden gedrückt gebaut. Das Meer konnte jederzeit wiederkehren und alles vernichten. Jahrhunderte-, ja jahrtausendelang hatten wir provisorisch und prekär gelebt, jederzeit bereit, allen Besitz aufzugeben und wieder von vorn anzufangen.

Trotz aller Armseligkeit, ja Trostlosigkeit im Äußerlichen hatte sich im Laufe der Zeit ein reiches philosophisches Leben entfaltet. Dessen Kernthema war die Lage und die Beschaffenheit des Meeres.

Jahrhundertelang wurde debattiert, ob das Meer ein einiges und einziges, unendlich vielgestaltiges Wesen sei oder hingegen aus unzähligen ephimeren Wesen, den Wellen, bestehe, die einander in rascher Aufeinanderfolge zeugen und gebären. Letztere Richtung betrachtete das Verschwinden des Meeres als eine Schwächung der Fortpflanzungsfähigkeit der Wellen und deren schließliches Aussterben an einem gegebenen Ort.

Eine Schwierigkeit bestand in folgender Frage: Wie konnte das Meer, ob ein Wesen oder unzählig viele, in sich wiederum Wesen bergen, die nach seinem Abzug zuckend und schnappend im Schlick liegenblieben? Waren diese Wesen der harte Kern der Wellen? Waren sie es, die mit ihrem Gliederschlagen die Wellen auftrieben? Oder handelte es sich um Wesen, die dem Unwirken des Meeres ebenso ausgeliefert waren wie wir Menschen?

Man fragte sich auch, ob das Meer sich überall so verhalte wie hier. Sehr viel sprach dafür, dass die Zerstörungen, die es anrichtete, eine Art Nahrungsaufnahme darstellten. Demgemäß musste man

120

davon ausgehen, dass es auch an anderen Orten auf Nahrung angewiesen war. Dies implizierte, dass das Verhalten des Meeres nicht als an sich böse gelten konnte, sondern nur als naturgetrieben. Letzterer Schlussfolgerung mochten allerdings die meisten Philosophen, aller faktischen Evidenz zum Trotz, nicht folgen. Die Bosheit des Meeres durfte nicht in Abrede gestellt werden. Was gestattete es sonst, uns für gut zu halten? Unsere ganze Ethik wäre ins Wanken geraten. So dachte man damals.

Daneben bemühte man sich auch um praktische Handreichungen für die Bürger. Eine Zeitlang waren Stäbe aus einer komplizierten Legierung im Gebrauch, die unten Löcher aufwiesen, in die sich angeblich die Regenwürmer flüchteten, sobald das Meer sich näherte. Sehr zuverlässig konnte die Erfindung freilich nicht gewesen sein, schon bald verschwand sie wieder aus den Haushalten.

Bezeichnend für die einstmalige Gemütsbeschränktheit unseres Volkes ist, dass sich seine hervorragendsten Geister während Jahrhunderten abstrakten Spekulationen über das unsichtbare Meer hingaben, während die Beschäftigung mit dem augenfälligen, handgreiflichen Turm den Ammenmärchen überlassen wurde.

Dies änderte sich erst in neuerer Zeit und dank dem Werk des Philosophen Seim Ignat von Erpselich. Dieser ging von der unleugbaren Tatsache aus, dass der Turm über das Meer erhaben war. Seine naheliegende, damals jedoch unerhörte Idee war, den Turm in seinem strukturellen Aufbau, seiner materiellen Beschaffenheit und seiner äußeren Form zu untersuchen, um die gewonnenen Erkenntnisse auf den Menschen anzuwenden oder für den Menschen nutzbar zu machen. Allerdings verfügte er in jener Zeit noch nicht über die nötigen technischen Mittel, um in seinen Untersuchungen zu konkreten Ergebnissen zu gelangen. Daher blieb die Resonanz seines Werkes zunächst gering.

Erst Jahrzehnte später, und nach unzähligen tragisch gescheiterten Versuchen, zuerst zu Land und danach mit Helikoptern Kunde über das Meer aus erster Hand zu erhalten – die Expeditionen waren samt und sonders ohne Nachricht verschollen -, besann man sich wieder auf die Ideen des revolutionären Philosophen. In akribischer Kleinarbeit wurden seine umfangreichen Aufzeichnungen gesichtet und der interessierten Öffentlichkeit zugänglich gemacht. Sie gaben den Anstoß zu einer Forschungsexpedition, die dank großzügigem Sponsoring örtlicher Unternehmen und Subventionen aus dem Kulturetat der Stadt ausgerüstet werden konnte, um mit Haken und Seilen den Turm zu erklimmen und durch die Öffnungen im obersten Teil ins Innere vorzudringen.

Was die Forscher erkundeten und wovon in der Lokalpresse seinerzeit ausführlich berichtet wurde, brachte ein erstes Licht in das Dunkel, in welches das Bauwerk und seine Erhabenheit bislang getaucht waren. Es stellte sich heraus, dass die von außen sichtbaren Öffnungen zu einer Art

Dachgeschoss gehörten, das durch einen Boden aus morschen Balken vom hohlen Rest des Turminneren abgetrennt war.

Diese Erkenntnis verblasste allerdings vor der überwältigenden Tatsache, dass die Forscher, indem sie durch die Öffnungen in der Turmwand über das Land blickten, in der Ferne das glitzernde Meer sahen.

Ein alter Traum war Wirklichkeit geworden! Endlich konnte man die Bewegungen und Wanderungen des Meeres, sein Lauern hinter Erhebungen, seine Übergriffe auf entfernte Landstriche verfolgen. Auf dem Turm lag dem Betrachter die Wahrheit über das Meer zu Füßen!

Gleichzeitig, in einem dieser raren, letztlich aber verhängnisvollen historischen Zufälle, stieß man, erstmals potente Bagger moderner Machart einsetzend, beim Abräumen des von der letzten Verheerung zurückgebliebenen Schlicks auf mächtige, weit in den Boden hineingetriebene Fundamente. Ihr Alter entsprach, chemischen Analysen zufolge, etwa dem des Turmes. Es musste sich um ungeheure Gebäude gehandelt haben, der Tiefe und Dicke der Fundamente nach zu urteilen.

Die Überraschung war groß: Wo wir bis jetzt, aus Argwohn gegenüber dem zerstörerischen Meer, stets nur hinfällige Häuser errichtet hatten, standen in alter Zeit große, stolze Gebäude aus Stein, die Ausdruck einer ungeahnten, überwältigenden Blüte unserer Stadt gewesen sein mussten.

Man hätte annehmen können, dass es das Meer, das eine solche Blüte verunmöglichte, in diesem frühen Zeitalter noch nicht gegeben habe. Doch in den Schichten unmittelbar unter den entdeckten Fundamenten fanden sich in reichlicher Menge die bekannten Ablagerungen aus Schlick, Sand und Getier.

Aufgrund des übereinstimmenden Alters vermutete man sogleich, dass die Entstehung des Turms etwas mit diesen riesigen frühgeschichtlichen Bauten zu tun hatte und mit einer zeitweiligen Bändigung des Meeres einhergegangen war.

Rasch setzte sich unter den Forschern folgende Theorie durch: Der Turm wurde gebaut, um jederzeit das Meer beobachten und bei drohender Gefahr rasch an den entscheidenden Stellen Schutzwälle und Dämme anlegen zu können; so blieb die Stadt von den Verheerungen des Meeres verschont und konnte ungestört aufblühen.

Die Ursache für die später dennoch eingetretene Zerstörung der großen Gebäude durch das Meer lag allerdings weiter im Dunkeln. Ungeklärt blieb auch, warum von dieser frühgeschichtlichen Großartigkeit keinerlei, und seien es auch mythische, Zeugnisse auf uns gekommen waren. Heute ist es uns leidvolle Gewissheit, dass nicht einmal das Vergessen unsere Stadt vor der Wiederkehr des Verhängnisses gerettet hat.

Dies war der Stand der Diskussion in Wissenschaftler- und Historikerkreisen, als Ox von Motter seine erneute Kandidatur für das Amt des Bürgermeisters anmeldete.

Ein Apparatschik der Liberal-Konservativen Partei (LKP), hatte sich Ox von Motter schon vier Jahre zuvor mit einem ausgesprochen konservativen, altväterische Vorstellungen von Zucht und Bescheidung in den Vordergrund stellenden Wahlprogramm um das Amt des Bürgermeisters beworben und war damals noch an seinem Rivalen der Liberal-Fortschrittlichen Partei (LFP) gescheitert.

Nach seiner Wahlniederlage zog er sich von der politischen Bühne zurück und ließ die Öffentlichkeit im Glauben, er widme sich seinen Geschäften oder schreibe seine Memoiren. In Tat und Wahrheit arbeitete er zäh und unermüdlich an seinem Comeback. Er umgab sich mit einem Team junger, ihm ergebener Draufgänger und stellte ein Wahlprogramm auf, das mit dem vorhergehenden nicht mehr viel gemein hatte. Von Moral war nicht mehr die Rede, stattdessen viel von "Entfesselung": Entfesselung der durch Auflagen und Steuern gefesselten Wirtschaft, Entfesselung der durch starre Normen gefesselten Arbeitskraft und Leistungsbereitschaft, Entfesselung der durch überkommene Ängstlichkeit gefesselten Lebenslust der Bürger.

Kern- und Ausgangspunkt dieses Programms war die Nutzung des Turmes gemäß der neuen wissenschaftlichen Theorie über seinen ursprünglichen Verwendungszweck. Ein Team von professionellen »Meeresbeobachtern« sollte, vom renovierten und hightech-ausgebauten Dachgeschoss des Turmes aus, das unermessliche Land überblicken, die Wanderungen des Meeres registrieren und für den Bau von Schutzanlagen und den Notfalleinsatz eine Truppe durchtrainierter Kaderarbeiter, die »Meerwehr«, dirigieren.

"Die Meeresbeobachter und die Meerwehr halten uns alle Sorgen vom Leib!", wurde den Massen während des Wahlkampfes eingehämmert. "Sie untermauern unseren unerschütterlichen Willen, unsere Stadt zu entfesseln! Sie sind die Garanten dafür, dass wir in Zukunft weder Gefahr noch Angst mehr kennen!"

Dies waren mächtige Argumente, die ihren Eindruck nicht verfehlten. Am Wahltag wurde Ox von Motter mit über 60 Prozent der Stimmen zum neuen Bürgermeister gewählt. Es begann eine neue Zeit.

Bis anhin hatten sich die meisten Einheimischen und Touristen damit begnügt, den Turm von weitem zu betrachten. Nur die Unentwegtesten keuchten querfeldein den dichtbewachsenen Hügel hinauf, umrundeten seinen Fuß, so gut dies durch Brennnesseln, Dornbüsche und anderes Dickicht ging, und sahen daran hoch, bis es ihnen schwindlig wurde.

Nun wurde als erstes, gegen lautes Protestgeschrei von ein paar hundert unverbesserlichen Umweltschützern, eine Straße auf den Hügel hinaufgebaut, auf denen Lastwagen und Bagger bis zum Fuß des Turmes fahren konnten. Die Umgebung des

Turmes wurde gerodet und planiert, ein unterirdisches Parking für dreihundert Fahrzeuge gebaut, Grünflächen mit Pappeln, Spazierwegen und Parkbänken wurden angelegt.

Gleichzeitig wurde, gegen lautes Protestgeschrei von ein paar hundert unverbesserlichen Heimatschützern, ein breites Loch aus der einen Meter dicken Mauer am Fuße des Turms geschlagen und ein mächtiges Metalltor eingesetzt. Pausenlos flogen Helikopter Baumaterial zum Ausbau des Dachgeschosses heran. Die Balken wurden durch Beton ersetzt, Wasser-, Gas-, Strom- und Telefonleitungen hochgezogen, ein Lift wurde eingebaut.

Als die Proteste der Umweltschützer in gewalttätige Demonstrationen ausarteten, die auch mit Tränengas nicht zu ersticken waren, gab Ox von Motter in weisem Pragmatismus das Äußere des Turms zur Besprayung frei. Großzügig stellte er den Sprayfreudigen Spraymaterial und, zum Besprayen der höheren Partien, sogar einen Helikopter zur Verfügung. Bald war der Turm voll von lustig bunter Graffiti, und unter den Umweltschützern kehrte beschauliche Ruhe ein.

Der farbig besprayte Turm erboste jedoch die Heimatschützer derart, dass auch ihre Proteste in gewalttätige Demonstrationen ausarteten, die mit Tränengas ebenfalls nicht zu ersticken waren. Da erteilte ihnen Ox von Motter, erneut seine pragmatische Weisheit unter Beweis stellend, die Kon-zessionen für einen Souvenirstand am Fuße des Turms und für mehrere Cafés, Würstchenbuden, Karusselle und Kiosks im Park. Bald waren die Grünflächen erfüllt von froher Betriebsamkeit, und unter den Heimatschützern herrschte rege Geschäftstätigkeit.

Währenddessen wurden in einem rigorosen Auswahlprozess die zwölf Meeresbeobachter bestimmt.

Zunächst mussten sich die Bewerber einer erschöpfenden ophtalmologischen Untersuchung unterziehen. Nur solche, die alle Sehtests bestanden und Falkenaugen besaßen, kamen in die engere Auswahl. Da dies wie erwartet nur relativ wenige waren, wurde das Kriterium der Körpergröße flexibel gehandhabt. Das Erfordernis einer Größe von über 1,90 m, die dank dem erhöhten Beobachtungsstandpunkt eine verbesserte Sicht auf das Meer gewährleistete, wurde nur in dem Maße angewendet, als sich eine Überzahl von Bewerbern mit Falkenaugen ergab.

Anschließend mussten die Ausgewählten ein intensives einmonatiges Trainingsprogramm absolvieren, während dessen sie die Handhabung der verschiedenen Instrumente zur Beobachtung des Meeres lernten, die sekundenschnelle Aufzeichnung und Auswertung von Beobachtungsdaten übten und die reibungslose Kommunikation mit der Meerwehr einspielten.

Die zukünftigen Bediensteten der Meerwehr wurden in einem eigenen Selektionsprozess eruiert. Geprüft wurden unter anderem die Schaufelfrequenz pro Stunde mit und ohne Bagger, der hündische Gehorsam gegenüber Weisungen übergeordneter Stellen, die schwindelfreie und standfeste Orientierung im Gelände und, zur Feststellung hoher Motivation, die Prädisposition zu Wasserscheu. Zur Steigerung von Moral und Kampfkraft wurde ihnen in einem dreitägigen Härtetest der Hass auf jegliches Nass eingedrillt. Damit wurde garantiert, dass diejenigen, die alle Tests bestanden hatten, vollkommen dazu geeignet waren, dem Meer gemäß den Anordnungen der Meeresbeobachter wütend entgegenzutreten und Einhalt zu gebieten.

Es kam der Tag der festlichen Einweihung des Turms und der feierlichen Einsetzung der Meeresbeobachter und der Meerwehr in ihr Amt.

Ox von Motter zerschnitt eigenhändig, im Jubel Tausender Bürger, das farbige Band, das über die Zufahrt zum Turm gespannt war. Er enthüllte – Vorhängchen auf – eine neben dem neuen Tor angebrachte Gedenkplatte, die den Hinweis auf die Erneuerung des Turmes während seiner Amtszeit verewigte. Er präsidierte den würdevollen, von Blasmusik und halbnackten Majoretten begleiteten Einmarsch der zwölf Meeresbeobachter in ihren schmucken orangen Uniformen. Seinen Höhepunkt erreichte der Überschwang, als die Meeresbeoachter winkend und das Siegeszeichen machend durch das Tor in das Innere des Turmes schritten.

Es war ein großer Tag für Ox von Motter und ein historisches Ereignis für die ganze Stadt, das mit Festwirtschaften, Musik und Tanz die ganze Nacht gefeiert wurde.

Schon im ersten Jahr wurden die erfahrungsgemäß häufigsten Einfallpforten des Meeres vorbeugend durch Dämme und Sperren aus hohen Mauern verriegelt.

Schwieriger gestalteten sich die Schutzmaßnahmen für den Fall, dass das Meer der Erde entquoll oder sich vom Himmel herniedergoss. An eine Versiegelung der Böden war nicht zu denken, da dies jegliche Landwirtschaft verunmöglicht hätte und zu kostspielig gewesen wäre. Außerdem hätte dies keinen Schutz vor einem Sturz des Meeres vom Himmel geboten.

Die Lösung, die man für dieses Problem fand, war zweifacher Art: Zum einen wurden tiefe und breite Drainagegräben in alle Himmelsrichtungen angelegt, die dem Wasser einen raschen Abfluss auf die eine oder andere Seite ermöglichten. Im schlimmsten Fall würde sich das Leben der Stadt während einiger Tage so gestalten, als läge sie an einem großen Fluss. In ihrer Substanz bliebe sie jedoch unversehrt.

Die zweite Maßnahme entsprang einer Idee, die in einer ressortübergreifenden Arbeitsgruppe von hohen Beamten des Justiz- und des Baudepartements geboren wurde. Da das Meer, wie es die moderne Wissenschaft für erwiesen hielt, auf der Suche nach Nahrung die Stadt heimsuchte, sollte ihm diese Nahrung nicht vorenthalten werden. Die List bestand darin, ihm diese Nahrung an einem Ort anzubieten, der für die Stadt unschädlich war. Dort sollte es sich sättigen, alles zerstören und ungehindert wieder abfließen dürfen. Gesättigt würde das Meer der Stadt als Nahrung nicht bedürfen.

Bald fand man weit östlich der Stadt eine muldenhafte Gegend, die sich vorzüglich zu diesem Zweck eignete. Auf der Seite, die der Stadt näher lag, wurde die Mulde mit Betonbauten abgedichtet; auf der entgegengesetzten Seite wurden Gräben für den Zu- und Abfluss des Meeres angelegt. Dann siedelte man dort die Strafgefangenen an, ließ sie Baracken bauen und primitiven Landbau zur Selbstversorgung treiben. Für die Stadt hatte dies den beträchtlichen Nebenvorteil, dass sich der Strafvollzug ganz wesentlich verbilligte. Mit dem eingesparten Geld konnte die anvisierte Entfesselung auf allen Gebieten großzügig angekurbelt werden. Für die Strafgefangenen bedeutete dies einen Zuwachs an Menschenwürde, wussten sie sich doch jetzt als Erfüller einer gemeinnützigen Aufgabe.

So fand man für jeden hypothetischen Notfall einen vorbeugenden Schutz, ohne jedoch das Meer einen Moment aus den Augen zu lassen.

Die Erfolge dieser Maßnahmen ließen nicht lange auf sich warten. Während die Meerwehr, dank den Anweisungen der falkenäugigen Meeresbeobachter, stets schon vor Ort stand, wenn das Meer lauernd hinter einem Hügel züngelte oder schäumend über einen Bergkamm spritzte, entfaltete sich das Leben in der Stadt in nie gekannter Sorglosigkeit, die an Euphorie grenzte. Energien, die jahrtausendelang durch eine Decke aus Mut- und Aussichtslosigkeit niedergedrückt waren, stoben ans Tageslicht. Dies war keineswegs mit einem bloßen Aufatmen zu vergleichen, sondern weit eher wie das erste Luftholen eines Neugeborenen: ein Urschreiphänomen. Die Entwicklung verlief stürmisch – der Nachholbedarf der Bürger war wahrhaft gigantisch.

Die Stadt war binnen kürzester Zeit kaum mehr wiederzuerkennen. Die neugewonnene Zuversicht ließ die Begüterten ihre demütigen Häuser aus, wenn auch edlem, Holz abbrechen und an ihrer Stelle stolze Villen aus weißgetünchtem Stein mit modernstem Komfort und begrüntem Umschwung errichten. Wo früher auf schlammigen Wegen nur die unentwegtesten Geländefahrzeuge sich vorangequält hatten, glitten ausladende Straßenkreuzer auf baumbestandenen Asphaltpisten vorüber. Handel und Gewerbe blühten auf: Bald säumten elegante Läden die Straßen, modische Cafés und Bars eröffneten an jeder Ecke, zu Dutzenden lockten prunkvolle Restaurants mit ausgesuchtester Kost. Die Menschen, eben noch in armseligen, farblosen Sachen umhertrottend, warfen sich in feine Anzüge und bunte Röcke und vergnügten sich bis zum Morgengrauen in den zahllosen Tanzlokalen, Nachtklubs und Spielsalons. Grellfarbige Leuchtreklamen machten die Nacht zum Tag, Musik und das Gedröhn potenter Motoren erfüllten die Luft. Verließ man die Stadt, tauchte man in ein unabsehbar

132

blühendes Meer aus Obstgärten, Blumenrabatten, Gemüsebeeten, Getreidefeldern und Hainen ein. Unsere scheinbar zu ewiger Erniedrigung verurteilte Stadt hatte sich in kürzester Zeit in eine wohlhabende, geschäftige, schöne Metropole voller stolzer, zukunftstrunkener Bürger verwandelt.

Die Meeresbeobachter und die Bediensteten der Meerwehr mussten sich dagegen an eine strikte Lebensführung halten: Sie hatten regelmäßig und ausreichend zu schlafen, sich gleichmäßig und gesund zu ernähren, jegliche Ausschweifungen zu vermeiden und in allem der Mäßigung zu pflegen, damit sie in nüchterner Ausgeruhtheit ihr verantwortungsvolles Amt ausüben konnten. Für diesen Verzicht auf ein unbändiges Leben, wie es die übrigen Bürger in vollen Zügen genossen, wurden sie vom Bürgermeister großzügig privilegiert: Sie erhielten im grünsten Viertel der Stadt kostenlos Villen zugewiesen; hinzu kamen ein Hausbote und ein Gärtner mit stark subventioniertem Gehalt; die Ledigen durften sich sogar junge Frauen, für deren Lebensunterhalt die Stadt hälftig aufkam, zur Befriedigung ihrer fleischlichen Bedürfnisse halten. Jeglicher Schatten möglicher Unzufriedenheit wurde von ihnen ferngehalten, denn unzufriedene Leute in solch entscheidenden Positionen hätten nicht nur die Entfesselung, sondern unsere Stadt selbst gefährden können.

Während die Stadt brodelte, wachten die Meeresbeobachter falkenäugig in ihrem Turm. Pausenlos kreisten die Radarschirme, ununterbrochen speisten Satelliten die Computer mit Daten, die Nadeln der Ozeanographen zitterten und kratzten auf dem Endlospapier. In rasendem Lauf spulten Programme zur dreidimensionalen Simulation der voraussichtlichen Meeresbewegungen ab. Daten wurden blitzschnell via Glasfaserstrang in die Befehlszentrale der Meerwehr übermittelt. Dort wartete schon eine Phalanx von mächtigen Helikoptern, mit denen Mannschaften und schweres Gerät in Minutenschnelle zum Einsatzort geflogen wurden. War gerade kein Ernstfall, so fanden notfallmäßige Übungen statt, in denen metallisch brüllende Anführer die Meerwehrbediensteten zu einem gestählten, wie ein Mann agierenden Trupp zusammenschweißten.

Dank der Wachsamkeit, die sich auf keiner Ebene auch nur einen Augenblick lang lockerte, konnte dem tückischen Meer überall da, wo es heranzubrechen drohte, rasch und unwiderruflich ein Riegel vorgeschoben werden. Indessen wurde die Strafgefangenensiedlung in wenigen Jahren viermal heimgesucht und völlig hinweggefegt. Wie vorausgesehen zog sich das Meer jeweils, ohne weitere Folgen für unsere Stadt, satt und zähflüssig wieder in seine jenseitigen Gründe zurück.

Mit Einzelheiten über den Kampf gegen das Meer wurden die Bürger unserer Stadt nicht behelligt. Die seltenen, einsilbigen Kommuniqués lenkten sie kaum davon ab, dem neuen, entfesselten Leben zu frönen. Jedoch verlief nicht alles so reibungslos, wie es den aller Sorgen ledigen Menschen geschienen haben mag.

Ein größeres Problem waren die alten Gesetze. Aus unvordenklicher Vergangenheit stammend, waren sie noch ganz vom Geist erstickender Befangenheit geprägt. So durfte das Wasser, das zum Waschen, für Haushaltsverrichtungen und anderes gebraucht wurde, keinesfalls inner- oder außerhalb des Hauses weggeleert oder zur Verdunstung in einem Becken stehengelassen werden, denn dieses Wasser konnte nach überkommener Vorstellung das Meer anlocken oder gar selbst, durch sich vermehrenden Wellenschlag, zum Meer werden; stattdessen musste es von den Verursachern seines Verbrauchs getrunken werden, eine barbarisch anmutende Praxis, die immer wieder zu schweren Gesundheitsproblemen geführt hatte.

Solche und ähnliche Gesetze gab es noch zu Hauf, als Ox von Motter sein Amt antrat. Für ihn stand fest, dass die beabsichtigte Entfesselung unserer Stadt keinesfalls in einem rechtsfreien Raum oder gar auf rechtswidrigem Weg erfolgen durfte. Vielmehr war ihr eine neue gesetzliche Ordnung zugrundezulegen. Allein, die Entwicklung verlief derart rasant, dass sie der Abschaffung der zahllosen alten Gesetze und der Ausarbeitung der neuen stets vorauseilte. Des öfteren ergaben sich widersinnige Situationen, wie etwa, dass jemand, der Blumen in seinen Vorgarten pflanzte, gemäß den alten Gesetzen der "Ostentation von Arglosigkeit und Unbekümmertheit" und der "Propagierung illusionären

Glücks" beschuldigt wurde und seine Blumen wieder ausreißen musste.

Überdies war die Abschaffung der alten Gesetze keineswegs Sache bloßer Federstriche: Ihrem eigenen Wortlaut zufolge konnten sie "durch Menschenhand in Ewigkeit weder verändert noch aufgehoben" werden. Manche Größen im Team von Ox von Motter plädierten zwar dafür, diesem Wortlaut zuwiderzuhandeln und die beengenden Gesetze in Berufung auf ein freilich nirgends erwähntes "Vorrecht der Lebenden auf ihre eigenen Gesetze gemäß den realen Bedürfnissen ihrer Zeit" zu schleifen. Eine Mehrheit einschließlich des Bürgermeisters selbst scheute jedoch vor einem solchen Schritt, den sie als einen Rechtsbruch betrachteten, zurück.

Erst Dutzende ergebnisloser Sitzungen und niederschmetternder Rechtsgutachten später ließ ein Berater zu vorgerückter Stunde, halb im Scherz, die Bemerkung fallen, da die Gesetze sich nicht durch Menschenhand ändern ließen, komme es am Ende noch so weit, dass man sich mit den Händen von Affen behelfen müsse. Die Idee schlug wie eine Bombe ein: Man brauchte nur einen Affen etwas zu zähmen und ihm im gegebenen Augenblick die Hand zu führen, und schon konnte man ganz legal so viele Gesetze verändern oder abschaffen, wie man wollte!

Bereits am folgenden Tag ordnete Ox von Motter die Suche nach einem geeigneten Kandidaten an. Beamte schwärmten aus, besuchten Tierhandlungen und Heimtierhalter. Schließlich trieben sie in einem Luxusrestaurant eine zutraulich wirkende Schimpansin auf, die, in ihrem bis an die Decke reichenden Käfig umherkletternd, als Attraktion im Speisesaal die tafelnden Gäste mit Faxen und Schabernack unterhielt. Das Tier wurde konfisziert und ins Bürgermeisteramt überführt, wo es von zugezogenen Experten an seine neue Umgebung gewöhnt und auf seine Aufgabe vorbereitet wurde. Man taufte es Anababaca und ernannte es zur Vorsitzenden eines zu diesem Zweck neugeschaffenen Obersten Gesetzgebungsrates, dem auch der Bürgermeister und die hervorragendsten Rechtsgelehrten unserer Stadt angehörten. Man lehrte es, Kugelschreiber in der Hand zu halten und damit herumzukritzeln, begann schließlich, behutsam seine widerstrebende Hand übers Papier zu führen. Das Tier zeigte sich sehr gelehrig, und schon nach wenigen Wochen setzte es in einer festlichen Sitzung des Obersten Gesetzgebungsrates seine Unterschrift unter die erste Verfügung, mit der ein altes Gesetz außer Kraft gesetzt wurde.

Bald erwies sich, dass ein Affe nicht genügte, da der außer Kraft zu setzenden Gesetze zu viele waren. Weitere Affen mussten herangezogen und eingesetzt werden. Der Bedarf war so groß, dass die Affenzucht kurzfristig zu einem der Wirtschaftszweige mit den höchsten Wachstumsraten wurde und mehr als einen reich machte. Am Schluss waren gegen siebenhundert Affen Mitglieder des Obersten Gesetzgebungsrates, der aus Platzgründen seine Sitzungen in der Lagerhalle einer Traktorenfabrik abhalten musste. Pausenlos setzten sie ihre Unterschriften unter die Verfügungen, aufgrund derer die zahllosen alten Gesetze außer Kraft gesetzt wurden.

Doch eines Tages war die Unterschrift auch unter diejenige Verfügung gesetzt, die das letzte alte Gesetz aufhob. Da wurde der nunmehr überflüssige Oberste Gesetzgebungsrat aufgelöst. Die Rechtsgelehrten kehrten in ihre Kanzleien zurück. Für den einen oder anderen Affen fand sich ein Plätzchen in der Privatwirtschaft oder in Haushalten. Die große Mehrheit jedoch musste wohl oder übel davongejagt werden. Sie fristeten noch lange ein glanzloses Leben unweit der Müllplätze und wurden zu einer echten Plage.

Nicht jedermann ließ sich jedoch blindlings entfesseln. Mehrere Meeresphilosophen, die meisten schon im Rentenalter, erhoben, in einem »Manifest wider die Frivolität«, ihre warnenden Stimmen. Man dürfe das Meer nicht "durch Anhäufung von Tand provozieren", schrieben sie. Das Meer sei und bleibe unberechenbar, so genau man seine Bewegungen auch vom Turm aus zu beobachten meine. Die neue Entwicklung mache die Menschen leichtfertig und führe zu Selbstüberschätzung. Man dürfe nie vergessen, dass der Mensch ein Spielball in den Klauen des Meeres sei. Ihm zusätzliche Nahrung entgegenzuwerfen, sei deshalb im höchsten Maße verantwortungslos und "Ausdruck mutwilliger Blindheit vor dem Verderben".

Ihre Warnungen wurden in den Wind geschlagen, ihre Argumente als "vorsintflutlich" abgetan. In den Medien wurde verbreitet, ihr Widerstand gegen die wunderbare neue Zeit nähre sich vor allem aus der Tatsache, dass nun, da das Meer vom Turm aus in Schach gehalten werde, ihre Rolle als Meeresdeuter zur Bedeutungslosigkeit verkommen und ihr daraus erwachsenes Ansehen in der Gesellschaft, das auch mit Privilegien und materiellen Vorteilen verknüpft war, rapide geschwunden sei. Während andere tatkräftig und geschäftig am Erblühen der Stadt teilhätten und verdienten Reichtum anhäuften, klammerten sie sich lamentierend an ihre überkommenen Pfründen.

Die große Mehrheit der Bürger ließ sich ohnehin nicht beirren und reagierte, wenn überhaupt, indigniert auf die Vorhaltungen von Personen, welche sie für neidische Faulpelze hielt. Schließlich empfahl ihnen der Bürgermeister in einer öffentlichen Erklärung, wenn sie die alte Zeit so sehr herbeisehnten, würden sie sich gewiss in der Siedlung der Strafgefangenen wohler fühlen, denn da lebe man noch in Meeresfurcht streng nach den alten Sitten und Bräuchen. Da verstummten sie, denn bei den Strafgefangenen leben wollte wahrlich keiner von ihnen.

Dank der im Laufe der Zeit immer weiter perfektionierten Meeresbekämpfung durch die Meeresbeobachter und die Meerwehr wurden aus den Jahren Jahrzehnte, ohne dass das Meer die Stadt heimgesucht hatte. Ox von Motter war mehrere Male triumphal wiedergewählt worden. Wachstum und Prunk unserer Stadt kannten keine Grenzen. Die Konzerne erneuerten alle paar Jahre ihre Sitze, weil die alten zu klein und zu wenig prächtig waren. Wo vor wenigen Jahren als unerhörte Neuerung ein zehnstöckiges Gebäude aus Marmor anstelle eines alten dreistöckigen aus Backsteinen hingestellt worden war, musste dieses nun einem fünfzigstöckigen Bau aus Stahl und Glas weichen. Überall schoss es in die Höhe, ja es entbrannte ein eigentlicher Wettlauf um das höchste Gebäude der Stadt. Die Skyline wurde immer imposanter. Berühmt und von Dichtern besungen waren die Sonnenuntergänge, während derer die Skyline sich schwarz gegen den gelborangen Himmel abhob, ein stimmungsvolles Szenarium für schwärmende Verliebte, die ideale Stunde derer, die in Parkcafés an exquisiten Cocktails nippten.

Der allgemeine Reichtum war derart ins Unermessliche gestiegen, dass die Privilegien der Meeresbeobachter und der Bediensteten der Meerwehr, die anfangs im Vergleich geradezu gigantisch gewirkt hatten, nunmehr nicht über das hinausreichten, was sich mit ihrem bloßen Lohn eine einfache Schreibkraft eines Konzerns leisten konnte. Die durch das Bürgermeisteramt verfügten jährlichen Erhöhungen dieser Privilegien reichten gerade dazu aus, das schlimmste Murren zu unterdrücken. Doch mehr konnten die Beamten des Bürgermeisters nicht tun. Sie hatten selbst einiges zu klagen, denn ihre

Gehälter hatten mit den in den Konzernen gezahlten exorbitanten Löhnen ebenfalls nicht Schritt halten können. Natürlich hätte Ox von Motter, um seinen Untergebenen höhere Gehälter zu zahlen, die Steuern erhöhen können, doch hätte dies höchstwahrscheinlich das Blühen der Stadt abgewürgt und ihn selbst die Wiederwahl gekostet.

Hellwach beobachtete man derweil in den Konzernen die zunehmende Kluft zwischen privatem Reichtum und staatlichem Darben, welche die Arbeitsmoral im öffentlichen Sektor untergrub. Strategisches Denken gewohnt, begannen die Konzernherren, den Beamten, Meeresbeobachtern und Bediensteten der Meerwehr die Gehälter aufzurunden. Der unmittelbare Nutzen mochte zu dem Zeitpunkt noch gering sein; es konnte aber jederzeit ein Fall eintreten, in dem man auf das Wohlwollen der Beamten angewiesen war.

Dieser Fall trat einige Jahre später tatsächlich ein. Wieder platzten die ungeheuren Konzerne aus allen Nähten. Erneut sahen sie ihre Zukunft gefährdet, wenn die nunmehr bereits über hundertstöckigen Wolkenkratzer nicht durch noch höhere und prachtvollere ersetzt wurden. Ein neuer Wachstumsschub stand unausweichlich bevor.

Doch im Gegensatz zu früheren Gelegenheiten, bei denen jedes neue Projekt – selbst die rücksichtslose Überbauung der Drainagegräben – lautstark gefeiert worden war, meldeten die Meeresbeobachter, und in ihrem Gefolge die Beamten des

Bürgermeisters, urplötzlich Bedenken an: Laut ihren Berechnungen würde die neue Generation von Wolkenkratzern mit bis zu zweihundert Stockwerken höher ragen als der Turm und die Beobachtung des fernen Meeres schwer behindern, in mehrere Himmelsrichtungen sogar verunmöglichen. Wer das Meer beobachte, brauche freie Sicht, betonten sie. Wo das Meer nicht zu beobachten sei, könne es sich unbemerkt in einem Hinterhalt ansammeln, um von dort aus die Stadt zu überfallen.

Mit solchem Widerspruch hatten die Konzernherren nicht gerechnet. Rasch wurde eine sektorenübergreifende Krisensitzung in die Präsidentensuite eines der größten Konzerne einberufen.

Über die Einschätzung der Lage und die zu unternehmenden Schritte war man sich bald einig. Die Meeresbeobachter und die Beamten des Bürgermeisters galten, obgleich mit politischer Macht ausgestattet, als Relikte aus einer alter Zeit. Zwar schwafelten sie etwas von einem Meer, aber keiner der Konzernherren hatte dieses Meer je gesehen. Sie hatten immer hart gearbeitet, nicht träumerisch zu den Fenstern ihrer Hochhäuser hinausgeschaut und jeden in der Ferne gleißenden Wolkenfetzen für ein Meer gehalten. Das angebliche Meer war bloß ein Vorwand, um abzukassieren. Aber darüber hatte man großzügig hinweggesehen und jahrelang Gehaltsaufbesserungen bezahlt. Solange die Beamten für die minimale öffentliche Ordnung sorgten, die der Gang der Geschäfte erforderte, störte es nicht, wenn sie überdies seltsamen, wenn auch harmlosen

Bedrohungsideen nachhingen. Als Gegenleistung wollte man allerdings keine Steine in den Weg gelegt bekommen. Da ihr Radau die ganze Gesellschaft destabilisieren konnte, was wiederum den Geschäftsgang ins Stocken brächte, beschloss man, die Beamten mit noch großzügigeren Zahlungen willfährig zu stimmen. Geld war ja im Überfluss vorhanden.

So beschloss es die Runde, sandte Emissäre aus und genehmigte sich ein paar harte Getränke.

Die Konzernherren hatten sich nicht getäuscht. Die eben noch kritischen Meeresbeobachter und Beamten des Bürgermeisters verwandelten sich in harmlose, um Verzeihung bittende Scharwenzler, sobald die Beauftragten der Konzerne erste Zahlen nannten. Sie waren nur zu gern bereit, noch höhere Zahlungen in Empfang zu nehmen, ließen gar durchblicken, es sei ihnen von Anfang ihres Einspruchs an eigentlich nur darum gegangen. Probleme seien jedenfalls ab jetzt von ihrer Seite keine mehr zu gewärtigen, sofern sie auch in Zukunft proportional an den Konzerngewinnen und deren Zuwächsen beteiligt würden.

Nur Ox von Motter, der in tragischer Illusion ergraute Bürgermeister, ließ sich sein Wissen um die Gefährlichkeit des Meeres nicht abkaufen. Da musste er erfahren, wie die wirklichen Machtverhältnisse lagen. Seine Untergebenen mochten nicht auf ihre Pfründen verzichten, nur weil er sich mit den Konzernen anlegte. Diese ihrerseits tönten an, sie würden seine nächste Wiederwahl durch Gerüchte- und Unterstellungskampagnen untergraben, sofern er nicht einlenke. Und unsere Stadt und ihre Bürger ließen sich längst nur noch von der Vermehrung ihres eigenen Wohlstands leiten.

Von den Bürgern der Stadt weitgehend ignoriert, von den Konzernen unter Druck gesetzt und von seinen eigenen Untergebenen alleingelassen, trat Ox von Motter sang- und klanglos zurück und wurde durch einen farblosen, willfährigen Technokraten ersetzt. Sein Haar war schneeweiß geworden, als er wenige Monate später verbittert und mittellos an einem Gehirnschlag starb. Von seiner Beerdigung nahm die Öffentlichkeit kaum mehr Notiz.

Neue riesige Fabriken mit unzähligen schwindelerregenden Schloten und die zweihundert und mehr Stockwerke hohen Sitze der Konzerne – bald prägten sie die Skyline, wie wir sie noch immer in schmerzlicher Erinnerung haben. Wie Tannenwald eine Lichtung umragten sie den alten Turm auf seinem Hügel, in dem die Meeresbeobachter stationiert waren.

"Die Kultur hat über den Aberglauben gesiegt!", hieß es in einer von allen Konzernen gemeinsam getragenen Promotionskampagne. "Die Zeit wird immer neuer und vollkommener!"

Der Konkurrenzkampf wurde immer gnadenloser. Ständig mussten neue Kapazitäten mobilisiert werden, um darin bestehen zu können. Auf Antrag verschiedener Konzerne schaffte der neue Bürgermeister die Nacht ab. Von der Stadt betriebene Flutlichtanlagen sorgten dafür, dass es hell blieb, nachdem die Sonne untergegangen war. Niemand konnte es sich noch leisten, länger als drei Stunden am Stück zu schlafen, denn sonst mochte man den Anschluss an die voranpreschende Entwicklung verlieren und rettungslos hinter dem Fortschritt zurückbleiben. Das bedeutete den Verlust des Arbeitsplatzes, des hohen, alle Annehmlichkeiten ermöglichenden Lohnes und ein schmähliches Leben unter den Ausgestoßenen und Ausgeschiedenen (AuA).

Zunächst hatten die AuA, da es anderes für sie nicht zu tun gab, die Müllabfuhr und -beseitigung unter ihre Fittiche genommen und zu einem modernen Wirtschaftszweig ausgebaut, in dem bald dieselbe Entwicklungsdynamik und dieselben Gewinnspannen herrschten wie in den primären Branchen. Aus eigener Kraft hatten diese AuA den Weg zurück in den verblendenden Wohlstand und Fortschritt gefunden. Allerdings produzierte die Branche, welche die AuA der anderen Sektoren erfolgreich absorbierte und recyclete, ihrerseits AuA, für die es keine brachliegenden Tätigkeitsfelder mehr gab und die mit zunehmender Zahl zu einer sozialen Plage wurden. Nachdem man einige Zeit geduldet hatte, dass sich unterqualifizierte AuA, wie geschimpft wurde, ziel-, zweck- und schamlos auf den Straßen und Plätzen herumtrieben, ging man dazu über, sie in die Strafgefangenensiedlung zu überstellen, wo sie einen neuen Lebenszweck fanden.

Waren die Menschen glücklich? Sie konnten sich jeden erdenklichen Komfort leisten, lebten in einer Stadt, die ihnen alles Mögliche an Chancen und

Zerstreuung bot, hatten eine Arbeit, dank der sie dynamische Persönlichkeiten mit schnellem Herzschlag geworden waren und immer auf einen Aufstieg in ein nächstoberes Stockwerk mit höherem Gehalt hoffen durften. Schon der leiseste Gedanke eines Unglücks hätte sie für die Dynamik ihrer Arbeit untauglich machen können. Das Hetzen war ihnen Zeichen ihres Selbstwerts, denn es war Ausdruck ihrer Teilhabe am Fortschritt. Wie furchtbar öde und sinnlos dünkte es sie, nicht fortzuschreiten!

So war es, als der letzte Tag anbrach. Die Meeresbeobachter, die einzigen ungehetzten Menschen in unserer Stadt, saßen in ihrem Turm und blätterten in Klatsch- und Pornozeitschriften, bis ihr Dienst umwar. Anderes gab es nicht zu tun: Wo immer sie auch hinausschauten, sie erblickten nur die blinkenden Fensterfassaden der Konzernsitze oder braungraue Fabrikschlote, deren Rauch jenseits ihres vertikalen Gesichtsfeldes in Himmelshöhe verpuffte. Die Radarschirme registrierten längst nur noch das pausenlose Hin und Her emsiger Führungskräfte in ihren Helikoptern. Die Ozeanographen warfen unentwirrbare Linien aufs Papier. Nicht einmal auf die Übermittlungsdaten der Satelliten war, infolge der Interferenzen aus unzähligen Computernetzen und drahtlosen Telefonen, noch Verlass.

Gab es ein Meer? Die Meeresbeobachter hatten schon so lange keins mehr gesehen, dass auch sie daran zweifelten. Laut sprachen sie allerdings nicht über ihre Zweifel. Sonst wären womöglich die

Zuwendungen der Konzerne ausgeblieben. Es galt, die Warnungen zwar aufrechtzuerhalten, aber nicht auf eine alarmierende, schreiende Weise, sondern durch sanftes Sticheln und Nörgeln, um die Konzernherren nicht zu stark zu erschrecken oder gar von weiterer Expansion abzuhalten. Denn sobald die Konzerne nicht weiter expandierten, sackten ihre Gewinne zusammen und stockte der Geldfluss, der die Meeresbeobachter so sehr erfreute.

Die Meeresbeobachter sahen das Meer auch an diesem Tag nicht. Niemand sah das Meer kommen. Hinter dem Rücken der Konzernbauten, in dem die Menschen vor lauter Arbeit nie aus dem Fenster blickten, hatte es sich, jahrelang unbeaufsichtigt, langsam, in trügerischer Durchsichtigkeit herangestaut. Plötzlich schwappte es hervor. Es fegte durch die Straßen, peitschte an Mauern und Fenstern hoch. Alles, was nicht niet- und nagelfest war, Fußgänger, Autos, Straßencafés, wurde schon im ersten Augenblick mitgerissen. Bäume wurden umgeknickt. Fensterscheiben gingen zu Bruch. In Kellern, Erdgeschossen und bis in die dritten Stockwerke hinauf tosten wütende Wellen. Die wenigen verbleibenden niedrigen Häuser waren bald unterspült und krachten wie Kartenhäuser in sich zusammen.

Hilflos starrten die Meeresbeobachter und die wenigen Bürger, die sich auf den Turmhügel retten konnten, auf die brausende Wut hinunter. Andere saßen in den obersten Stockwerken der Konzernsitze zusammengedrängt, jedesmal bangend,

147

wenn die Flut an die Fundamente schlug und die Gebäude zum Erzittern brachte. Die Konzernherren redeten gut zu, man sei ja hoch genug über dem Ungemach, irgendwann würden sich die Wasser schon wieder zurückziehen.

Stundenlang tobte das Meer schon, doch seine Heftigkeit ließ nicht nach. Dann wurde es Nacht. Es war eine Nacht, die man sah. Zum ersten Mal seit vielen Jahren wurde es finster. Die Flutlichtanlagen, welche die Nächte taghell erleuchtet hatten, waren ausgefallen, Strom- und Scheinwerfermasten umgestürzt, alle Leitungen zerrissen, das Schaltzentrum zerstört. Nun, da man nichts mehr sehen konnte, hörte man das Brausen umso eindringlicher. Es war so laut, dass man sein eigenes Wort nicht verstand. Hin und wieder ging ein gewaltiges Stöhnen und Ächzen durch die Luft. Es krachte, als würden riesige Mauern bersten oder gesprengt. Immer heftiger wurden die Konzernsitze erschüttert.

Auch die Konzernherren bekamen jetzt Angst. In ihrer Verzweiflung wühlten sie sinnlos im Geld, das sich in ihren Tresoren häufte. Sie hatten immer nur ein Problem gekannt, ein ihnen vernünftig vorkommendes Problem: Geld. Gegen dieses Problem hatten sie auch immer dieselben sich bewährenden Lösungen angewandt: mehr Geld. Dem Meer mit seiner unsinnigen Tobsucht standen sie verständnislos gegenüber. Mancher hielt bereits ein dickes Bündel Banknoten in der Hand. Vielleicht ließ sich das Meer, so es denn einen Funken Vernunft besaß, beruhigen, wenn man ihm Geld zum

Fenster hinunterwarf. Alle Gegner, mit denen man sich bisher auseinanderzusetzen hatte, waren vernünftig gewesen. Doch dann steckten sie das Geld in die Tresore zurück. Das Meer, so unvernünftig es auch sein mochte, konnte nicht ewig hier bleiben. Was taten sie dann, ohne das Geld, das sie zum Fenster hinuntergeschmissen hatten?

Andere tobten über das Unvermögen der Meeresbeobachter. Hatte man sie nicht immer wieder großzügigst bezahlt, damit sie ihre Arbeit taten? Man griff brüsk nach dem Telefonhörer. Denen musste man die Hölle heißmachen – oder noch besser: man versprach ihnen Unsummen –, damit sie endlich etwas gegen diese schlimmen Zustände unternahmen, die Meerwehr alarmierten, deren Bedienstete gewiss irgendwo betrunken herumlagen, Faulpelze und Nichtsnutze! Mit steinerner Miene wählte man die Nummer, lauschte ungeduldig. Es war nichts zu hören. Die Leitung war tot. Aus einigen Hörern rann sogar schon Wasser, das vom Meer die Leitungen hochgedrückt wurde. Steckdosen sprangen von den Wänden, Wasserstrahlen schossen gurgelnd aus den Löchern. Bilder, enorm teuer, stürzten von den Nägeln. Die Rahmen zerkrachten auf dem Boden. Bürotische rutschten hin und her. Papiere und Schreibutensilien glitten davon. Wenigstens das Geld musste gerettet werden. Hastig stopften die Konzernherren die Haufen in Hosen- und Westentaschen, unter das Hemd und das Unterhemd, sogar in die Unterhosen. Damit ließ sich im

Notfall jemand bezahlen, der einem das Leben rettete.

Es wurde allmählich Tag, ein graues Dämmerlicht, als der erste Konzernsitz fiel. Zuerst schwankte das himmelhohe Gebäude, scheinbar unentschlossen, auf welche Seite es hinstürzen sollte. Dann neigte es sich langsam, verharrte einige Sekunden schiefstehend, stürzte schließlich wie ein gefällter Baum hernieder. Im Fall stieß es gegen zwei andere Konzernsitze, die in der Mitte auseinanderbarsten und in gewaltigen Brocken herunterschlugen. Die Entsetzensschreie der Menschen gingen im Sturmgeheul unter. Das Meer warf die Trümmer hin und her, als wären es Bauklötzchen, schleuderte sie gegen die Fundamente noch stehender Gebäude. Bald brachen weitere Hochhäuser zusammen. Es ging nun immer schneller. Je mehr Trümmer ins Wasser fielen, desto härter und vernichtender konnte das Meer gegen die noch bestehenden Strukturen schlagen.

Gegen Mittag standen nur noch vereinzelte Konzernsitze. Einer dieser letzten stürzte so unglücklich, dass er genau gegen den Turm, dieses ewigalte Wahrzeichen, den Stolz der Stadt, stürzte und ihn bis auf die Grundfesten zerstörte. Seine alten Mauerblöcke hagelten in alle Richtungen hinweg. Einer schlug mitten in eine Gruppe von Menschen ein, die auf dem Turmhügel auf das Ende des Entsetzens harrten. Fast alle waren augenblicklich tot.

Nach drei Tagen war von unserer stolzen, reichen Stadt kein Gebäude mehr übriggeblieben.

Wo wir wenigen Überlebenden auf dem Hügel auch hinblickten — wir sahen nur noch Wasser. Langsam verflachten seine Wellen, aus dem Brausen wurde ein Rauschen, aus dem Rauschen ein Plätschern. Einige Stunden lang lag das Meer fast spiegelglatt vor unseren Augen, bevor es ruhig und friedlich abzufließen begann. Langsam senkte sich sein Spiegel. Als es Nacht wurde, hatte es schon mehrere Meter preisgegeben, und als wir am folgenden Morgen im ersten Tageslicht vom Hügel hinunterschauten, sahen wir es nur noch als matt schimmerndes Band in der Ferne.

Sogleich stiegen wir hoffnungsvoll vom Hügel herunter. Doch zu retten gab es nichts. Alles, was unsere Stadt gewesen war, Menschen, Mauern, Kultur, Reichtum, lag metertief verschüttet unter einer gräulichen, zähmassigen Ablagerung, die später unter der brennenden Sonne schnell verhärtete. Da und dort zuckten und bogen sich noch seltsame Leiber, die das Meer zurückgelassen hatte. Bald regten auch sie sich nicht mehr. Alles war tot und verwüstet. Sogar der Turm, der so viele Jahrtausende über unsere Stadt gewacht hatte, war zerstört. Ohne Turm gab es unsere Stadt nicht mehr. Wir wussten: Es würde sie nie mehr geben.

Seither sind verschiedene Jahre vergangen. Wir leben in der ehemaligen Sträflingskolonie. Wir wohnen in primitiven Hütten. Wenn das Meer kommt, freuen wir uns. Wir lieben jetzt das Meer. Wir haben schwimmen gelernt. Wenn das Meer kommt, schwimmen wir darin. Das ist ein großes Fest. Wir haben auch gelernt, die zuckenden Leiber, die das Meer bringt, aufzuschneiden. Wir essen ihr Inneres. Danach fühlen wir uns so quicklebendig, wie es die im Wasser hin- und herschießenden Wesen gewesen sind. Sobald das Meer abzieht, bauen wir unsere Hütten wieder auf. Dann essen wir Wurzeln und Kürbisse. Wir sind es zufrieden. Wir sind glücklich. Wir brauchen keinen Turm. Wie einfach wird das Leben, wenn man das Meer liebt!

Über den Autor

Georges Raillard, geboren 1957 in Basel, arbeitete als Übersetzer und Sprachlehrer in Madrid und lebt heute als Autor und Komponist in Basel und Madrid. Von ihm erschienen die Erzählbände *Hirnströme eines Stubenhockers* (1994), *Das Wort und der Schrei* (1997), *Herr Monza oder Herr Monza* (2002), alle bei der edition sisyphos, Köln, *Der Lauf des Amazonas* (2009) und *Aus dem Hintergrund Chorgesang* (2013), beide bei Books on Demand, Norderstedt. 2017 erschien bei Navona Records die CD *Butterflies in the Labyrinth of Silence* mit einigen seiner Kompositionen für Gitarre. Im Internet ist er unter *www.georges-raillard.net* präsent.

Vom selben Autor:

Hirnströme eines Stubenhockers
und anderes Erzählgut

Das Leben ist absurd und die Banalitäten des Alltags würden uns erschlagen, gäbe es da nicht die Fähigkeit zu verdichten, eine verspielte Phantasie, die mit eleganter Leichtigkeit und subtiler Ironie Skurriles und Groteskes auch dort zu entdecken weiß, wo man außer dem Altbekannten sonst nichts erwartet.

edition sisyphos, Köln 1994
ISBN 978-3-928637-09-1

Das Wort und der Schrei
Erzählungen

Georges Raillards doppelbödige, vertrackte und hintergründige Prosa besticht durch Ironie und Sprachwitz. Ohne Selbstzweck zu sein, verweist seine sprachliche Sensibilität auf die Vielschichtigkeit der Wirklichkeit, die der Autor höchst eigenwillig zu spiegeln und zu interpretieren versteht.

edition sisyphos, Köln 1997
ISBN 978-3-928637-20-6

Herr Monza oder Herr Monza
51 Geschichten

Aufs neue beweist Georges Raillard in den kurzen prägnanten Episoden, in deren Mittelpunkt der unverwechselbar eigensinnige Herr Monza steht, seinen ausgeprägten Sinn für absurde Situationen voller skurriler Komik und eine wunderbar lakonische Ironie. Wer die Hirnströme eines Stubenhockers liebte, wird von diesem Werk begeistert sein.

edition sisyphos, Köln 2002
ISBN 3-928637-30-4

Der Lauf des Amazonas
Geschichten

Aus dem Alltag von Flussumleitern, Pflanzentänzern, Schlüsselfressern, Bücherbarbieren und schmetterlingstauglichen Welterrettern.
"Schlimme Geschichte!", meinte jemand.
"Alle Geschichten sind schlimm", erwiderte er.

Books on Demand, Norderstedt 2009
ISBN 978-3-8391-2964-7

Aus dem Hintergrund Chorgesang
und anderes Erzählen

„Auf einmal erklingt aus dem Hintergrund Chorgesang. Aus der Ferne werden unregelmäßige, hölzerne Schläge hörbar. Weit weg wird herumgebrüllt. Die vier Schauspieler scheinen leicht zu erschrecken. Fragend oder gar bestürzt blicken sie einander an und deuten auf den geschlossenen Vorhang. Dann schütteln sie den Kopf, zucken mit den Schultern."

Falsche Termine, falsche Könige, falsche Theaterstücke – kann man überhaupt noch jemandem trauen, der etwas erzählt?, fragt der Leser.
Es gibt kein richtiges Erzählen im falschen Diskurs, antwortet der Schreiber. Nur Schwindler sind vertrauenswürdig.
hhh

Books on Demand, Norderstedt 2013
ISBN 978-3-7322-8548-8